쥐뿔도 없는 회귀

쥐뿔도 없는 회귀 5

목마 퓨전 판타지 장편소설

초판 1쇄 찍은 날 | 2018년 5월 4일
초판 1쇄 펴낸 날 | 2018년 5월 11일

지은이 | 목마
펴낸이 | 예경원

기획 | 위시북스
편집책임 | 이규재
편집 | 이즈플러스

펴낸곳 | 예원북스
등록번호 | 제396-2012-000132호
등록일자 | 2012. 7. 25
KFN | 제1-253호

주소 | 경기도 고양시 일산동구 호수로 646-24 위너스21 II 빌딩 206A호 (우)10401
전화 | 031-819-9431 팩스 | 031-817-9432
E-mail | yewonbooks@naver.com

ⓒ목마, 2018

ISBN 979-11-6098-937-3 04810
      979-11-6098-833-8 (set)

쥐뿔도 없는 회귀

목마 퓨전 판타지 장편소설

5

WISHBOOKS FUSION FANTASY STORY

Wish Books

CONTENTS

1장
잠자는 숲(2)

이성민은 살인을 즐기지 않는다.

그것은 전생에도 그랬고, 지금도 마찬가지였다.

타인을 죽이는 것에 유쾌함을 느낀 적은 없다. 어쩔 수 없는 상황이라면 모를까, 살인을 하지 않아도 되는 상황이라면 살인을 하고 싶지 않다고 생각하는 것이 이성민에게는 당연했다.

하지만 해야 하는 상황이라면.

날카로운 살의를 느낀다. 마을의 모두가 이성민을 적으로 인식하고 죽이려 들고 있었다.

이성민은 나자빠진 쿠로마루의 시체를 힐긋 보았다. 구해 줄 의리가 없기에 내버려 두었다.

구해줬어야 했나?

이성민은 문득 그런 생각을 해보았다. 하나 지금 와서 생각하기에는 늦었다.

그는 호신강기를 몸에 두르고서 성큼 앞으로 걸었다. 초절정의 경지에 이르러 호신강기를 자유롭게 사용할 수 있게 되었다.

이성민이 절정고수였던 시절에도 무리하여 강기는 사용할 수 있었지만, 그때 사용할 수 있던 강기와 지금의 이성민이 펼치는 강기는 질적으로나 효율적으로나 비교가 안 된다.

"들립니까?"

이성민은 목소리에 공력을 담아 물었다. 커다란 목소리가 멀리까지 울린다.

덮쳐 오는 살의의 방향은 변하지 않았으나, 연이은 공격이 없는 것으로 보아 그들이 아주 무식한 야만인은 아니라고 이성민은 판단했다.

"나는 당신들과 싸우고 싶은 마음은 없습니다. 가급적이면 대화로 풀어내고 싶습니다."

다시 한번 이성민이 소리를 내어 말했다.

잠시 뒤 쏘아지던 살기가 누그러들었다.

한 사내가 목책을 뛰어넘어 이성민의 앞으로 떨어졌다.

'고수야.'

이성민은 사내의 다듬어진 기도를 보고서 그렇게 판단했다.

반박귀진을 완성한 초절정 고수다. 다만 반로환동까지 한 초월적인 무인은 아닌 듯싶었다.

중년의 사내는 이성민의 얼굴을 들여다보면서 물었다.

"자네는 누구인가?"

"이성민이라고 합니다."

포권을 취하지는 않았다. 대신에 이성민은 살짝 묵례하면서 대답했다.

사내는 이성민의 눈동자를 들여다보며 이성민의 경지를 엿보려 들었다.

"자네는 기묘하군. 기와 체가 이미 초절정의 경지에 들어서 있는데, 심은 더 먼 곳을 보고 있는 듯해."

사내가 자그마한 목소리로 중얼거렸다. 이성민은 그 말에 대답하지 않고서 사내에게 물었다.

"당신은 누구십니까?"

"카즈야."

카즈야가 대답했다.

기억에 있는 이름이었다. 전생의 기억이 아니라, 바로 방금 전에 쿠로마루에게 들었던 일족의 가주를 맡은 자의 이름이 카즈야였다.

"말했던 것처럼, 나는 당신들과 싸우고 싶은 마음이 없습니다."

"그렇다면 우리야 고맙지. 자네가 전력으로 덤빈다면 많은 사람이 죽었을 거야. 많지도 않은 일족인데 더 이상 머릿수를 줄이고 싶지 않군."

"쿠로마루는 왜 죽인 겁니까?"

"처벌은 필요한 법이니까."

카즈야가 표정을 바꾸지 않고서 대답했다.

"노부히로 장로는 죽었겠지. 어쩔 수 없는 일이야. 실력의 차이를 알았을 텐데 그를 무시하고 싸움을 걸었으니 스스로의 죽음에 대한 책임을 지는 것은 당연해. 하지만 눈앞에서 장로의 죽음을 보고도 자결하지도, 저항하지도 않고 원수를 마을로 직접 데리고 온 어린 녀석은 처벌해야 하는 것이야."

카즈야는 쿠로마루의 시체를 내려다보면서 말했다. 그것이 이 폐쇄된 마을에서 우선으로 세운 법도인 모양이었다.

"자네를 마을의 손님으로 받도록 하지."

카즈야가 손을 뻗었다. 이성민은 멀뚱히 그 손을 보다가 카즈야의 손을 맞잡았다.

"들어오게."

일족의 가주인 카즈야와 동행하여 마을에 들어가니 아무도 이성민을 제지하지 않았다.

이성민은 여러 가지 묻고 싶은 것이 많았지만, 우선 카즈야를 따라 그의 집으로 향했다. 그러는 중에 본 마을의 집은 대부분이 초라하여 빈궁해 보였다.

"카즈야 님 정도의 고수라면 밖에서도 대접을 받을 수 있을 텐데."

"자네는 나보다 어려. 그러면서 나보다 강하지. 나는 넓은 세상에 절망하고 싶지 않네. 그래서 이 좁은 숲에서 살아가는 것이야."

카즈야가 웃음을 흘리며 말했다. 카즈야가 이성민을 안내한 곳은 일본식의 가옥이었다.

이성민은 카즈야가 말한, 넓은 세상이라는 것에 대해 잠깐 동안 생각해 보았다. 하지만 품은 생각에 대해 카즈야에게 말하지는 않았다.

"엔비루스를 알고 있습니까?"

카즈야와 함께 들어온 방에서 이성민은 카즈야와 마주 앉았다.

대뜸 한 질문에 카즈야가 머리를 끄덕거렸다.

"알고 있지."

"그는 어디에 있습니까?"

"이미 두 달쯤 전에 숲을 떠났네."

카즈야가 대답했다.

그 말에 이성민은 미간을 찡그렸다. 에레브레사를 통해 구입한 정보대로 엔비루스의 흔적은 쫓아왔지만, 이곳에서 엔비루스와 쉽게 만날 것이라고 생각하지는 않았다.

　"그가 어디로 갔는지는 알고 계십니까?"

　"모르네."

　문제는 이것이다. 기껏 이곳까지 왔는데 엔비루스가 아무런 흔적도 남기지 않았다면 이후에 이성민이 엔비루스를 추적하는 것에 문제가 생긴다.

　에레브리사를 통해 구한 정보에서 엔비루스의 최신 위치는 바로 이곳, 잠자는 숲이다.

　"……엔비루스는 이 숲에서 무엇을 했습니까?"

　"자네는 왜 엔비루스를 쫓고 있는 것인가?"

　질문에서 질문으로. 되묻는 말에 이성민은 눈을 가늘게 뜨고 카즈야를 노려보았다.

　그 시선에 카즈야가 낮은 웃음소리를 냈다.

　"너무 그렇게 보지는 말게."

　"……만나야 할 이유가 있습니다."

　"내가 궁금한 것은 그 이유인데."

　"대답해 드릴 수 없습니다."

　"자네는 내 질문에는 대답하지 않으면서 스스로 궁금한 것만 질문하여 대답해 달라고 하는군."

이성민은 말없이 주먹을 쥐었다가 폈다. 그런 이성민을 물끄러미 보던 카즈야가 닫고 있던 입을 벌렸다.

"엔비루스가 말한 손님이 자네인지 아닌지는 나도 잘 모르겠어."

"……예?"

"엔비루스가 떠나기 전에 나에게 말했었지. 앞으로 언젠가, 누군가가 이 숲을 찾아와 엔비루스에 대해 물을 것이라고. 그때가 되면……."

카즈야가 자리에서 일어섰다.

"빨리 끝내고 싶은데. 바로 움직여도 되겠는가?"

"상관없습니다."

이성민은 머리를 끄덕거리며 몸을 일으켰다.

카즈야가 이성민을 데리고 간 곳은 마을의 바깥이었다. 목책을 지난 카즈야는 뒤에서 따라오는 이성민을 향해 목소리를 냈다.

"일족의 비원에 대해서 궁금하지 않나?"

"묻는다고 해서 알려줄 것 같지는 않습니다만."

"정확히 말하자면 알려줄 수 없는 거야. 우리는 비원을 추구한다고 말하면서, 그 비원이 무엇인지 우리 스스로도 모르고 있거든."

이성민은 그 말을 이해할 수가 없었다. 그는 카즈야의 뒤통수를 향해 질문을 던졌다.

"그러면서…… 왜 이 숲에서 살아가고 있는 겁니까?"

"그럴 수밖에 없기 때문이지. 우리의 혼은 이, 잠자는 숲에 얽매여 있네. 이 숲에서 태어난 이들은 절대로 이 숲에서 벗어날 수가 없어."

"……저주입니까?"

"그것과 비슷해. 이미 우리 일족은 이 숲에서 몇 세대를 살았네. 거듭된 근친교배로 육체는 나약해졌지. 이어져 온 일족의 비기와 무공은 희미해져서 제대로 전수조차 되지 않아. 조만간 우리 일족은 자멸할 걸세."

그에 대해 말하는 카즈야의 목소리는 오히려 평온했다. 마치 그런 결말을 기다리고 있었다는 듯이.

"일족의 비원이 무엇인지는 가주인 나도 몰라. 어쩌면 처음부터 비원 같은 것은 없었을지도 모르지. 후대에 태어날 어린 것들을 위해, 억지로 목적의식을 부여하기 위해 비원이라는 단어를 쓴 것일지도. 다만 분명한 것은, 우리 일족은 이 숲에서 나갈 수 없고, 이 숲의 끝에 있는 무언가를 수호하고 있다는 것일세."

"……수호……?"

"아니, 이것을 수호라고 해야 하나?"

카즈야는 스스로도 알 수 없다는 듯이 머리를 갸웃거렸다.

"귀명은 나약한 자들을 미치게 해. 일신의 무위가 절정의 벽을 넘지 못했다면 이 숲에서 살아가는 것조차 불가능하지. 어린 것들은 귀명에 저항하기 위해 약을 복용하며 듣는 것을 모르게 되었어. 숲이 깊어질수록 귀명은 더 강해지네. 자네가 버틸 수 있을지는 모르겠지만."

"아마 버틸 수 있을 겁니다."

"후후! 초절정 고수라고 하여도 귀명에 저항하는 것은 힘들어. 이것은 정신에 작용하는 공격이니까. 엔비루스와는 약속이 있기에 자네를 안내해 주는 것이지만…… 자네가 버틸 수 있을지는 모르겠군."

카즈야의 걸음이 멈추었다.

신비로운 광경이었다. 얽히고 얽힌 나무들이 거대한 벽을 만들고 있었고, 그 벽은 거대한 숲을 반으로 가르고 있었다.

그를 물끄러미 보던 이성민은 카즈야 쪽으로 시선을 옮기며 물었다.

"이건 뭡니까?"

"벽이지. 보면 모르나?"

"벽이라는 것은 나도 압니다."

"일족의 가주의 동의가 없다면 이 벽을 지날 수 없어. 한 번 시험해 보겠나?"

카즈야가 이성민을 돌아보면서 물었다. 카즈야는 나이에

걸맞지 않게 악동처럼 짓궂은 표정을 지었다.

"만약 자네가 이 벽을 강제로 뚫는 것에 성공한다면……."

"무엇을 주시겠습니까?"

"음, 생각해 보니 줄 수 있는 것이 없군. 시험 삼아 해보는 것이 어떤가?"

노골적으로 권하는 말에 이성민은 피식거리며 웃었다.

그는 등에 메고 있던 창을 뽑으며 카즈야를 지나쳤다. 이성민이 창을 들어 올렸을 때, 자색의 강기가 창을 휘감았다.

꽈아앙!

창을 앞으로 찌르자 거대한 폭음이 터졌다.

하지만 나무의 벽은 조금도 부서지지 않고 건재했다. 전력은 아니었어도 나름의 힘을 실었는데 결과가 이렇다.

이성민은 눈을 동그랗게 뜨고서 나무의 벽을 보았다.

"그렇지? 힘으로는 뚫리지 않아. 엔비루스도 뚫지 못했지."

"그런데 어떻게 들어간 겁니까?"

"내가 들여보내 줬어. 들여보내라는 말을 들었으니까."

알 수 없는 말이었다. 카즈야가 이성민을 지나쳐 앞으로 걸어갔다. 그는 나무의 벽을 향해 손을 뻗었고 입술을 달싹거렸다. 자그마한 소리는 알 수 없는 언어로 된 주문이었다.

얽혀 있던 나무의 벽이 사라졌다.

"나는 이 이상 들어갈 수 없네."

카즈야가 뒷짐을 지고서 몸을 돌렸다.

이성민은 마을로 돌아가는 카즈야의 등을 잠시 동안 보고 있었다. 그러고는 몸을 돌렸다. 벽이 사라진 곳에는 구불구불한 길이 있었다. 이성민은 잠시 그 길을 보다가 발을 앞으로 뻗었다.

아.

아아.

아아아아.

귓가에 소리가 울린다.

귀명.

잠자는 숲에 들어서는 자들의 의식을 잃게 만드는 그 알 수 없는 소리가 더, 더, 더 커져서 이성민의 정신을 두드리고 있었다.

앞으로 향하는 걸음의 수가 많아질수록 귀명은 더욱 커졌다.

단순히 의식을 잃게 만드는 것이 아니다. 이것은 정신을 미치게 만드는 소리였다.

그 지독한 불길함이 이성민의 정신을 잡고서 미친 듯이 흔들어 대고 있었다.

"후욱."

이성민은 숨을 삼켰다. 견디기 힘든 것은 아니었다. 단지, 견디는 것이 짜증스러웠다.

이것은 강력한 정신 공격이었다.

초절정 고수라고 해도 귀명에 저항하는 것은 힘들다.

카즈야가 했던 말이 무슨 의미인지 이성민은 뼈저리게 느꼈다.

심, 기, 체가 초절의 경지에 오른 고수라고 하여도 이 지독한 귀명에 저항하는 것은 힘들 것이다.

하지만 이성민은 아니었다. 정신세계에서 보낸 2100년은 이성민의 정신을 몇 번이나 무너뜨렸고 재구축시켰다. 그 과정에서 이성민은 광기를 얻었다. 하지만 모순되게도, 광기를 얻은 정신은 이전보다 수십, 수백 배 견고해졌다.

무너지지 않는다.

계속해서 걷는다.

짜증을 느끼면서도 폭주하지는 않는다.

구불구불한 길은 외길이었다. 주변을 둘러보니 이상하게도 나무는 보이지 않는다. 희뿌연 안개만이 진하게 퍼져 있었다.

"헷갈렸음이라."

심드렁한 목소리가 공간을 뒤흔들었다.

이성민은 걸음을 멈추었다.

"인과율이라는 것은 절대적인 것. 그것이 비틀린 존재는 흔하지 않지. 그래서 헷갈린 것이다. 얼마 전에 찾아온 놈도 인과율이 비틀려진 놈이라 착각하여 안에 들이고 말았어."

안개가 날뛴다.

이성민은 멈췄던 걸음을 다시 앞으로 향했다.

"대답하라. 인과율이 비틀어진 존재여. 너는 되돌아온 자인가?"

목소리가 묻는다.

이성민은 계속해서 걸었다.

들끓던 안개 속에서 불빛들이 켜지기 시작했다. 수백 마리의 반딧불이가 빛을 발하는 것 같았다.

이성민의 걸음이 멈추었다. 거대한 바위 위에 시커먼 불길이 흔들리고 있었다.

"무슨 말입니까?"

이성민이 물었다.

그 말에 바위 위에서 흔들리던 불길이 크게 부풀었다.

"되돌아온 자인가 물었다."

"되돌아 왔다는 것은 무슨 뜻입니까?"

"너는 죽음을 알고 있느냐?"

불꽃이 묻는다.

이성민이 대답하려는 순간, 공간에 파직하고 전류가 흘렀다. 그를 보면서 불꽃이 껄껄거리며 웃는 소리를 냈다.

"시답잖은 수작질. 내가 이리 몰락하지만 않았어도 저따위 수작질을 부리지 않게 두었을 텐데."

"그랬더라면 제 주인님은 이 숲에서 벗어나지 못하셨겠지요."

흐르던 전류가 뭉쳐 하나의 형태를 이루었다. 그것은 로브를 뒤집어쓴 자그마한 소녀의 모습이었다.

이성민은 눈을 끔벅거리며 소녀를 보다가 질문했다.

"당신은 또 누구입니까?"

"엔비루스 님의 사역마예요."

실체는 아니었다. 이 공간에 새겨놓은 마법을 통해 의식만을 이곳에 전이시켰을 뿐이다.

엔비루스의 사역마를 향해 불꽃이 불쾌하다는 듯 내뱉었다.

"짜증 나는군. 단둘이 대화도 하지 못하게 만들다니."

"당신은 사악한 존재니까요."

"으하하! 한낱 장난감 인형 주제에 나를 판단하느냐? 네 주인조차 나에 대해 판단할 수 없을 텐데!"

불꽃이 웃음을 터뜨렸다. 불꽃의 목소리가 커졌고, 안개 속 불빛들의 숫자는 더욱 늘어났다.

"우선 내가 좀 알아먹게 해주면 안 됩니까?"

보다 못한 이성민이 그렇게 내뱉었다.

그 말에 불꽃의 웃음이 뚝 멈추었다. 불꽃을 노려보던 사역마도 머리를 돌려 이성민을 보았다.

그녀는 한숨을 푹 내쉬더니 뒤집어쓰고 있던 로브를 뒤로 넘겼다.

"수인(獸人)?"

이성민은 눈을 동그랗게 뜨고서 중얼거렸다.

검은 머리카락 위에 삐죽하고 튀어나온 것은 고양이의 귀였다.

이성민의 말에 사역마가 호박색 눈을 가늘게 뜨면서 자신을 소개했다.

"루비아라고 합니다. 주인님의 명을 받아 이곳에서 당신을 기다리고 있었습니다."

"오, 그런가? 그 빌어먹을 자식이 기다리고 있던 놈이란 말이지. 그렇다면 저 녀석이 되돌아온 자라는 말이로군."

루비아의 말에 불꽃이 웃음을 흘리며 말했다. 불꽃이 말할 때마다 주변의 불빛이 일렁거린다.

이성민은 심드렁한 얼굴로 루비아를 보다가 손가락을 들어 불꽃을 가리켰다.

"저건 뭡니까?"

"어린 놈의 새끼가 삿대질하는 것 보소."

불꽃이 투덜거렸다.

진한 불쾌감이 묻어나오는 목소리였지만, 말만 그리 할 뿐 불꽃은 어떠한 행동도 하지 않았다.

다만 주변의 불빛들이 불꽃의 감정을 대변하듯이 빛을 부풀릴 뿐이었다.

"이 숲에 잠들어 있는 대요괴(大妖怪)의 잔재예요."

"잔재라니. 그런 하찮은 존재는 아니지. 비록 내가 육체를 잃어 의식만이 남아 있다고는 하나, 나는 잔재 따위가 아니야."

불꽃이 내뱉었다.

'요괴'라는 말에 이성민은 머리를 갸웃거렸다.

처음 듣는 말은 아니었다. 일부 지역에서는 몬스터를 요괴라고 부르기도 한다는 것을 들은 적이 있었기 때문이다.

이성민이 아는 한 요괴와 몬스터는 큰 차이가 없었다. 결국은 인간이 아닌, 인간을 잡아먹는 괴물일 뿐이다.

"한때는 백귀(百鬼)를 이끌던 요괴 두령이었지만 지금은 육체를 잃었어요."

이성민은 눈을 깜박거리면서 루비아의 말을 들었다.

불꽃은 불쾌한 듯 빛을 번쩍거리기는 하였으나 뭐라고 반발하지는 않았다.

이성민은 잠깐 동안 루비아와 불꽃을 번갈아 보다가 물

었다.

"그래서. 당신들은 나한테 대체 뭘 말해주고 싶은 겁니까?"

이성민은 우선 루비아를 보았다.

"이렇게 묻기는 하지만, 당신들이 나한테 제대로 된 대답을 해줄 수 없다는 것쯤은 나도 압니다. 엔비루스 본인이라면 대답해 줄 수 있겠지만 당신은 엔비루스가 아니지 않습니까."

"……그건…… 맞아요. 나는 당신을 기다리고 있기는 했지만, 당신이 궁금한 것에 대해서는 말씀드릴 수가 없어요."

"엔비루스는 어디에 있습니까?"

"주인님이 어디에 있는지는 저도 몰라요. 하지만 저와 함께 다닌다면 언젠가 주인님이 찾아오실 거예요."

루비아는 그것에 대해서는 확신에 가득 찬 어조로 답했다.

하지만 그녀의 대답은 이성민을 만족시키지 못했다. 결국 루비아도 엔비루스가 어디에 있는지는 모른다는 것이니까.

이성민의 표정을 읽은 루비아가 급히 말했다.

"그것에 대해서는 주인님도 약속하셨어요. 제가 어디에 있든, 언젠가 찾아오겠다고요."

"확실한 겁니까?"

"물론이죠."

루비아가 크게 머리를 끄덕거렸다. 이성민은 그녀의 대답을 듣고 나서 불꽃을 바라보았다.

"당신은 누구입니까?"

"허주."

"나는 되돌아온 자입니다. 당신은 무슨 볼일이 있어서 나를 기다리고 있었던 겁니까?"

"모른다."

허주가 당당한 목소리로 대답했다. 내용은 어찌 되었든 목소리가 너무 당당해서 이성민은 되레 말문이 막혔다.

멀뚱히 보는 시선에 허주가 말을 덧붙였다.

"정말로 모른다. 내가 아는 것은 언젠가 되돌아온 자가 나를 찾아올 것이고, 나는 너와 함께 이 숲에서 나가야 한다는 것뿐이다."

허주의 말을 듣고서 이성민은 루비아를 바라보았다. 루비아는 조금 내키지 않는 표정이기는 했지만 이성민을 보면서 머리를 끄덕거렸다.

"허주의 말은 사실이에요."

"다를 것이 없군."

이성민의 눈가에 짜증이 어렸다.

"여태까지 나와 만나고, 나에게 뭔가 특별함이 있다고 말한 사람들은 모두가 그랬습니다. 뭔가가 있지만, 그에 대해서 정확하게 말해줄 수는 없다고. 종언이며 종언의 사도가 어쩌고 하면서 대답을 회피했지요."

"그건…… 제 주인님이라면 확실하게 대답해 주실 수 있을 거예요. 하지만 저는……."

"당신의 주인인 엔비루스는 왜 나와 직접 만나지 않고, 이곳을 떠나 당신을 남긴 겁니까?"

"저도 잘 몰라요. 주인님은 바쁘신 분이니까요……."

"하!"

이성민은 기가 차서 웃음을 내뱉었다. 그는 루비아에게서 시선을 떼고 허주를 보았다.

"허주, 당신이 이 숲에서 살아가는 일족들이 바라는 비원입니까?"

"숲의 일족이라. 그래, 몇 세대에 걸쳐 근친상간을 거듭하고, 그 대가로 죽어가고 있는 미련한 원숭이들을 말하는 것이냐? 나는 그들의 비원이 아니야. 그들의 비원이라는 것은 애초에 존재하지 않아. 그들의 존재 가치는 핏줄을 이어가는 것뿐이다."

"핏줄?"

"그 피를 가진 자 중에서 선택된 이가 가주가 되고, 가주만이 숲의 벽을 열 수 있다. 나는 그 길의 도중에 존재하고 있을 뿐."

허주의 말대로였다. 허주가 불꽃의 형태로 존재하는 뒤편에는 구불구불한 길이 아직 끝나지 않고 이어져 있었다.

"이 숲은 뭡니까?"

"오랜 괴물들의 혼이 묶여 있는 장소지. 그 원숭이들은 존재하는 것만으로 이 숲의 봉인을 지속시켜."

그 말을 듣고서 이성민은 허주를 노려보았다.

잠깐의 생각 끝에 이성민은 허주에게 질문했다.

"나와 함께 나간다. 어떤 형태로 나간다는 겁니까? 당신은 육체를 가지고 있지 않은 것 아니었습니까?"

"다 방법이 있지."

허주가 느긋한 목소리로 대답했다. 이성민은 루비아를 힐긋 보았다. 루비아는 허주를 힐긋거리면서 작은 목소리로 말했다.

"선택은 당신의 몫이에요. 제 주인님도 그에 대해서는 아무런 언질도 주지 않으셨어요."

"돌아가겠습니다."

이성민은 생각할 것도 없다는 듯이 대답했다. 뭔지도 모를 대요괴를 몸 안에 깃들게 하고 싶지는 않았다.

이성민이 빙글 몸을 돌리자 루비아가 재빨리 이성민의 곁으로 다가왔다.

"같이 가요."

"언제까지?"

"제 주인님이 찾아올 때까지."

루비아가 대답했고, 이성민은 어이가 없어서 헛웃음을 흘렸다. 숲의 안쪽에 뭐가 있는지 궁금하기는 했지만, 요괴의 혼이 봉인된 장소로 가 봐야 뭔가를 얻을 수 있을 것 같지는 않았다.

"으하하하!"

이성민이 루비아와 함께 왔던 길을 되돌아가려는 순간이었다. 허주가 대뜸 큰 소리로 웃음을 터뜨렸다. 이성민이 뭔가 싶어서 머리를 돌렸을 때, 바위 위에서 일렁거리던 허주의 불꽃이 크게 부풀더니 폭발했다. 안개 속에서 흔들거리던 수백 개의 불씨가 일제히 이성민을 향해 달려들었다.

루비아가 놀란 소리를 냈고, 이성민은 즉시 무영탈혼을 펼쳤다.

하지만 이성민이 그 자리에서 벗어나는 것보다 수백 개의 불씨가 이성민을 덮치는 것이 더 빨랐다.

몸에 닿은 불씨들에서는 그 어떤 열기도 느껴지지 않았다.

뭔가가 의식을 덮쳐 온다. 이성민은 아랫입술을 뿌득 씹으면서 정신을 집중했다.

[뭐, 뭐냐?!]

의식을 덮쳐 오던 무언가가 밀려난다. 곧이어 잔뜩 당황한 허주의 목소리가 이성민의 머릿속에 울렸다.

[너……! 대체 뭐 하는 놈이길래 정신 방벽이 이리도 견고한 거냐?!]

허주가 외칠 때마다 몸이 웅웅거린다.

이성민은 짚이는 것이 있어서 입고 있던 무복을 벗었다. 그러자 이성민의 곁에 있던 루비아가 놀란 소리를 내면서 홱 하고 머리를 돌렸다.

"가, 갑자기 무슨 짓이에요?!"

루비아가 그러건 말건 이성민은 자신의 몸을 내려다보았다.

숲 안에서 무슨 일이 벌어질지 몰라 셀게루스에게 미리 받아 입어두었던 마갑이 웅웅거리고 있었다.

자세히 보니 마갑에 옅은 붉은색이 덧칠되어 있었다.

[이런 병신 같은…… 이 허주가 인간의 의식 하나 함락시키지 못했다고……?! 아무리 되돌아온 자라고 해도……!]

"그건 내가 할 말인데. 이게 뭐 병신 같은 짓입니까?"

이성민은 미간을 찡그리면서 마갑을 두드렸다.

허주의 빙의가 실패한 것에는 몇 가지 짚이는 것이 있었다. 과거, 프레스칸은 이성민의 정신을 지배하기 위해 마법을 걸었다가 실패했었다. 김종현은 그를 두고서 이성민을 수호하고 있는 가호가 프레스칸의 마법을 반사시킨 것이라고 했었다.

'아니면 정신세계의 수행으로 내 정신력이 강해진 것일지도 모르지.'

아마 둘 중 하나인 듯싶었다.

결과적으로는 허주가 이성민의 몸에 깃드는 것에 실패했다는 것이다. 그 탓에 허주의 의식은 이성민의 몸이 아닌 마갑에 깃들어버렸다.

"그 안에 허주가 들어간 건가요?"

루비아가 눈을 동그랗게 뜨고서 물었다. 이성민은 짜증을 느끼면서 입고 있던 마갑을 벗었다. 그래도 꽤 괜찮은 갑옷이라 아끼고 있던 것인데 허주의 개수작 때문에 입을 수 없게 되었다.

[자, 잠깐, 잠깐! 기다려!]

허주가 급히 이성민을 불렀다.

[갑자기 빙의하려고 한 것은 사과하마!]

"이미 해놓고서는."

[나도 급했단 말이다! 더 이상 이상한 짓은 하지 않을 테니까……!]

"그건 내가 어떻게 믿습니까?"

[내 이름을 걸고 맹세할 테니까……!]

"맹세 하나로 퉁치려 하지 마십시오."

[그럼…… 그…… 보물을 주마. 내가 예전에 모아두었던 보물을!]

그것은 조금 구미가 당겼다.

"보물이라면 어떤 보물입니까?"

[그걸 말해줄 수는 없지.]

"지금 상황 파악이 잘 안 되시나 본데. 되지도 않는 개소리를 한다면 갑옷을 여기에 벗어두고 가겠습니다."

[나도 내가 모은 보물이 얼마나 많은지 모르는데 그걸 어떻게 다 설명하겠느냐?!]

허주가 답답하다는 듯이 외쳤다.

"허주가 뭐라고 하나요?"

루비아가 눈을 빛내면서 물었다. 딱히 숨길 이야기도 아니기에 이성민은 루비아에게 허주가 한 이야기에 대해 알려주었다.

그러자 루비아가 오히려 놀란 얼굴을 하고서 말했다.

"허주의 보물이라면 가치를 매길 수 없는 대단한 것이기는 해요. 허주가 300년 전에 가장 강력하고 유명했던 요괴 중 하나였던 것은 사실이고, 허주가 긁어모은 보물도 허주만큼 유명했었으니까요."

[봐봐! 내 말이 맞지?!]

루비아의 말에 허주가 급히 외쳤다. 이성민은 벗은 마갑을 내려다보다가 다시 입었다.

"앞으로 내가 말을 걸지 않는 한 닥치고 있으십시오. 만약 개소리를 늘어놓았다가는 벗어서 화장실 똥통에 버리고 갈 테니까."

[이 대요괴 허주가 이런 꼴이 되다니……!]

"자업자득인데 왜 한탄하고 지랄이십니까."

이성민은 그렇게 투덜거리면서 왔던 길을 되돌아갔다.

나무의 벽이 가로막고 있는 것이 아닐까 걱정하였는데 나무의 벽은 길을 막고 있지 않았다.

아니, 애초에 길이 이어진 곳은 이성민이 카즈야와 함께 왔던 입구가 아니었다.

"신기하군."

길이 끝나면서 안개도 사라졌다. 이성민은 잠자는 숲 밖에 와 있었다. 이성민의 옆에 서 있던 루비아가 물어보지도 않았는데 대답했다.

"저 숲은 강력하면서도 다양한 주술로 얽힌 곳이에요. 평범한 상식으로 이해하려 들지 마시죠."

"이해할 마음도 없었습니다."

허주가 깃든 마갑이 웅웅거리면서 몸을 떤다. 이성민이 해둔 말이 있어서 목소리는 내지 않았지만, 숲 밖으로 나오게 되어 감격한 모양이었다.

이성민은 허주가 갑옷에 깃들어 있는 것이 마음에 들지 않았다. 하지만 일단 허주의 보물이라는 것을 얻게 될 때까지는 동행할 생각이었다.

"정말로 날 따라다닐 겁니까?"

허주는 그렇다 치고. 이성민은 루비아를 보며 물었다.

그 질문에 루비아는 어이가 없다는 표정을 지으며 대답했다.

"아까도 말했잖아요? 주인님이 저를 찾아올 때까지, 저는 당신과 함께 다닐 거예요."

"내가 그러고 싶지 않아도?"

"당신은 제 주인님과 만나고 싶은 것 아니었나요? 저를 해하거나 버리고 간다면 주인님과 당신이 만나게 될 일은 절대로 없을 거예요."

루비아가 확신에 찬 어조로 말했다.

"내가 어디로 갈지 알고 나와 함께 다니겠다는 겁니까?"

"어디로 가려는 건데요?"

"소천마와 만나러 갈 겁니다."

이성민이 대답했다. 그 말에 루비아의 입이 쩍 벌어졌다.

"소천마…… 소천마라면. 그…… 위지호연? 그 괴물이랑은 왜……?"

"만나야 할 이유가 있으니까."

이성민은 그렇게 말하면서 걷기 시작했다.

머뭇거리던 루비아가 정신을 차리고서 이성민의 뒤를 쫓아왔다.

"그냥, 어디 공기 좋고 경치 좋은 곳에서 쉬면서 제 주인님이 오는 것을 기다리면 안 될까요?"

"댁의 주인이 바빠서 싸돌아다니는 것처럼 나도 해야 할 일이 있어서 바쁩니다."

이성민은 망설임 없이 대답했다. 그 대답에 루비아의 얼굴이 일그러졌다.

"전 가기 싫은데……."

"그럼 억지로 데려가겠습니다. 당신과 있어야 엔비루스를 만날 수 있다고 하지 않았습니까."

그렇게 말하며 이성민은 손을 들어 올렸다. 길게 세운 손가락은 루비아의 대답 여하에 따라 망설임 없이 혈도를 점하겠다는 굳건한 의지로 가득 차 있었다.

루비아는 그것을 보며 몸을 부르르 떨었다.

"……그냥 따라갈게요."

루비아가 귀를 축 늘어뜨리면서 말했다.

2장
던전

"던전이 개방되었다고 합니다."

조심스레 다가온 독고귀검이 위지호연에게 그 말을 전해주었다.

위지호연은 감고 있던 눈을 뜨고서 독고귀검 쪽을 보았다. 그녀의 주변을 감싸고 있던 흑룡포가 어둠 속에서 꿈틀거렸다.

"던전?"

"예, 장소가 이곳에서 가깝습니다."

독고귀검이 머리를 숙이며 말했다. 위지호연은 심드렁한 표정을 지으며 독고귀검을 응시했다.

그 싸늘한 시선에 독고귀검은 살짝 몸을 떨었으나 위지호연의 시선을 피하진 않았다.

독고귀검은 위지호연의 시선에서 깊은 경외를 느끼며 머리를 숙였다.

"취하시는 것이 어떻습니까?"

독고귀검은 진심을 담아 그를 간언했다.

던전이라는 것은 자연재해처럼 갑작스럽게 발생한다. 그렇게 발견되는 던전은 인간의 상식을 벗어난 온갖 종류의 신비로 가득 차 있는 곳이다.

분명한 것은 던전에는 위험과 기회가 공존하고 있다는 것이다.

"취할 필요가 있나?"

위지호연이 중얼거렸다.

혼잣말 같기도 하였지만 독고귀검에게 질문하는 것이기도 했다. 독고귀검은 그 질문을 내심 기쁘게 여겼다.

1년 전.

위지호연은 북쪽에서 혈천마 백무선과 격돌했고, 승리를 거두었다.

북쪽 도시 트라비아를 지배하고 있던 백무선과 혈천맹은 위지호연에게 패배하면서 큰 타격을 입었다. 백무선은 왼팔이 잘려 외팔이가 되었고 백무선을 중심으로 세를 키우고 있던 혈천맹은 반토막 났다.

그리되면서 위지호연의 명성은 더욱 커졌다. 그 당시에 이십 명이었던 천마군도 그 수가 크게 늘어났다.

물론 위지호연은 그것이 탐탁지 않아 추종하는 천마군을 버리고서 혼자 행동하고 있었다.

그럼에도 독고귀검을 비롯한 몇몇 뛰어난 고수는 위지호연을 쫓아다니고 있었다.

독고귀검은 스스로를 위지호연에게 반드시 필요한 충신이라고 생각하고 있었다. 그는 위지호연의 압도적인 강함에 크게 매료되었고, 머지않아 위지호연이 이 뭔지 모를 세상의 중심이 될 것이라고 진심으로 생각했다. 독고귀검이 위지호연에게 품고 있는 것은 신앙 자체였다.

"이것은 운명이라고 생각됩니다. 개방된 던전은 이곳에서 그리 멀지 않은 곳이고, 당신이 이곳에 있습니다. 그 던전의 주인은 바로 당신인 것입니다."

독고귀검이 들뜬 목소리로 말했다. 정상적인 관점으로는 이해하기 힘든, 열의만이 앞선 말이었지만 독고귀검은 진심으로 그렇게 생각하고 있었다.

"흠."

위지호연은 잠깐 생각에 잠겼다.

던전이라는 것에 흥미가 없는 것은 아니다. 위지호연은 제법 긴 시간 에리아를 떠돌았으나 아직까지 던전을 겪어본 적은 없었다.

던전에서 '무엇을 얻을 수 있느냐'보다는 던전에서 '무엇을 겪게 되는가'가 위지호연의 마음을 동하게 했다.

"가 볼까."

호기심이 위지호연을 움직이게 했다. 그녀는 머리를 끄덕거리며 몸을 일으켰다.

위지호연이 움직인다.

그러자 주변에 웅크리고 있던 그녀의 추종자들도 함께 움직이기 시작했다.

독고귀검은 천천히 걷는 위지호연의 등을 보다가 먼 곳을 힐긋 보았다. 아무것도 보이지 않는 깊은 어둠을 보는 독고귀검의 시선에는 노골적인 적의가 담겨 있었다.

"어우."

높다란 나뭇가지 위에 앉아 있던 남자가 너스레를 떨며 머리를 가로저었다.

"시선 한번 살벌하시군."

구파일방의 많고 많은 후기지수.

그중에서 가장 뛰어난 이를 하나만 꼽아보라면 사람들은 대답을 망설인다.

하지만 하나가 아닌 셋을 말하라면 견문이 있는 자들은 머뭇거림 없이 대답할 것이다.

소림의 지학.

무당의 청명.

개방의 취걸.

그들 셋은 각 문파의 성명절기를 모두 익히고 문파의 모든 어른에게 무공을 지도받아 문파의 미래를 위해 준비된 이들이다.

저들 중 지학과 청명은 대외적인 활동을 하지 않고 문파의 본산에서 무공 수련만 하고 있는 인물들이다.

하지만 취걸은 다르다.

"어쩌시겠소?"

취걸이 머리를 돌렸다. 그의 시선이 향한 곳에는 다섯 명이 기척을 죽이고 있었다.

"소천마, 저 괴물이 움직이기 시작했는데. 무슨 대화를 한 것인지는 모르겠지만…… 아마 던전으로 향하는 것이겠지."

취걸이 중얼거렸다. 그러자 침묵하고 있던 여자가 입을 열었다.

"저희도 가야죠."

묵섬광 백소고였다.

"던전에서는 무슨 일이 벌어질지 모르는데. 제대로 준비도 갖추지 않고 던전에 들어가는 것은 위험한 일이오."

"만약 위지호연이 던전을 공략하고, 강력한 힘을 얻게 된다면 그것이 더 위험할 겁니다."

그렇게 말한 것은 백소고가 아니었다. 덥수룩한 수염의 중

년인이 진지한 눈으로 취걸을 바라보았다.

그 시선에 취걸은 대답할 말이 마땅치 않아 쩝 하고 입맛을 다셨다.

'감이 안 좋은데.'

감이라는 것은 불확실한 것이지만, 취걸은 자신의 감을 상당히 신뢰하는 편이었다.

사실 그 감을 믿어 여태까지 큰 이득을 보거나 불행을 피한 경험이 있는 것은 아니었어도, 내키지 않는 일은 하고 싶지 않다고 생각하는 것은 당연하지 않은가.

"독고귀검이 이쪽을 봤습니다. 독고귀검이 보았을 정도라면 위지호연도 우리의 존재를 알아차리고 있었다는 뜻이겠지요."

"여태까지 위지호연은 우리의 존재를 알아차렸음에도 우리와 마찰을 빚지 않았습니다. 그녀는 오만하고 무자비한 것처럼 보여도 미련하지는 않습니다. 실제로 위지호연은 구파일방과는 단 한 번도 마찰다운 마찰을 빚지 않았어요."

"소림이 위지호연에게 망신을 당했다고 들었는데?"

"소림은 그를 망신이라고 생각하고 있지 않은 모양이던걸요. 오히려 불영대사는 위지호연에 대해 말할 때 호의를 표했습니다."

"소림도 갈 때까지 갔군."

취걸과 백소고를 포함한 다섯 명이 이야기를 나누었다.

"여태까지 위지호연이 우리의 존재를 알면서도 무시하고 있었던 것은, 우리가 무림맹에 소속되어 있기 때문이었소. 하지만 던전 안에서라면…… 무림맹이라는 배경이 우리를 비호해 주지 못하겠지. 그곳은 어떤 일이 벌어질지 모르는 곳이니까."

취걸이 강하게 목소리를 냈다.

위험하다.

취걸이 믿고 있는 감이 그것을 주장하고 있었다. 하지만 취걸을 제외한 나머지 넷은 취걸의 말을 듣지 않았다.

"위지호연을 내버려 둘 수는 없소."

"던전이 위험하다는 것도 알고, 그 작은 괴물이 끔찍한 힘을 가지고 있다는 것도 알고 있소."

"시간이 없어요."

"지원을 부르는 것도 방법 중 하나겠지. 하지만 그들이 도착하기 전에 위지호연이 던전을 공략한다면?"

"던전 안에 무엇이 있을지는 모릅니다. 신공절학이 있을지도 모르고 대단한 영약이 있을지도 모르지요. 어쩌면 대마법이나 아티팩트가 있을지도 모릅니다."

"분명한 것은 이것이지. 던전에서 취하는 힘은 이 세상에 존재하는 힘들과는 비교도 안 될 정도로 강력해."

"위지호연이 그 힘을 취하게 둘 수는 없어요."

이야기가 오가는 동안 백소고는 침묵했다. 취걸은 한숨을 삼키면서 머리를 벅벅 긁었다.

저들을 설득하는 것은 불가능하다.

위지호연을 감시하라는 위험한 임무에 저들은 직접 자원했다. 모두가 무림맹 내에서도 인정받을 만한 힘을 가진 고수들이지만 저들은 '정의'라는 모호한 것에 목숨을 건 미치광이들이다.

'반한 쪽이 손해인 것이지.'

취걸은 백소고를 힐긋 보면서 그렇게 생각했다.

백소고가 물러설 생각이 없다면 취걸도 함께 갈 수밖에 없다.

"……어쩔 수 없지."

결국 취걸은 그렇게 말했다.

위지호연과 천마군, 백소고와 무림맹 그들이 던전으로 향할 때, 이성민도 던전으로 향하고 있었다.

던전의 정확한 위치는 알지 못한다. 이성민이 할 수 있는 일은 던전에 가까운 곳에서 던전이 개방되고 그에 대한 정보가 유통되는 것을 기다리는 것이었다.

정보는 구입했다. 던전이 열린 장소는 이곳에서 그리 멀지 않은 곳이었다.

[정말로 갈 건가요?]

루비아가 불안한 목소리로 이성민을 보면서 물었다.

루비아는 수인의 육체를 취하는 대신에 자그마한 구체가 되어 이성민의 주변을 떠돌고 있었다.

애초에 사역마인 루비아가 고양이 귀를 가진 수인의 육체를 가진 것은 엔비루스의 취향 때문이었다.

"가야죠."

이성민은 아공간 포켓에 손을 밀어 넣었다. 셀게루스가 만들어주었던 창이 이성민의 손에 잡혀 뽑혀 나왔다.

소림에서 수행한 이후로 이 창을 사용한 적은 없었다. 하지만 이제는 사용해야 했다. 자격의 여부를 떠나 지금부터 이성민이 겪어야 할 일에는 사용할 수 있는 모든 것을 사용해야만 했다.

[……후우. 좋아요, 알았어요. 이렇게 된 이상 어쩔 수 없는 일이니까. 그런데 당신, 던전에 들어가 본 경험은 있나요?]

"없습니다."

이성민이 대답했다. 사실 없는 것은 아니다. 전생에서 딱 한 번, 던전에 들어갔던 적이 있었다.

'그리고 죽었지.'

그리 기억하고 싶지는 않았다. 당시에도 초행으로 들어간 던전이라 제대로 준비도 하지 못했었다.

하지만 이번에는 나름의 준비를 해두었다. 이성민은 전 재산을 털어 다양한 포션을 구입해 놓았다.

이성민은 무장을 확인했다. 등 뒤의 창과 함께 다양한 단검들이 이성민의 벨트에 매어져 있었다.

이성민은 그 위에 망토를 두르고서 가만히 심호흡을 했다.

여러 가지 방법을 생각했었다. 위지호연을 설득하는 것, 백소고를 설득하는 것.

위지호연을 무력으로 굴복시키는 것은 불가능하다. 그렇다면 백소고는 가능한가? 백소고의 위치도 제대로 확인하지 못하였는데.

에리아는 넓다. 백소고와 위지호연이 이 근방에 있다는 정보는 구입했으나 그것만으로 이 넓은 지역을 뒤져 그들과 만나게 되는 것은 불가능에 가까운 일이었다.

[던전 경험도 없으면서 던전에 들어가겠다니……! 대체 무슨 자신감인 거죠?]

"해야 하니까."

이성민은 전해 들은 던전의 위치를 향해 달렸다. 구체로 변한 루비아는 이성민의 머리 옆을 맴돌면서 웅웅거렸다.

[우선 던전의 형태를 파악하는 것이 중요해요. 모든 던전은 확실한 끝이 존재하고, 그 끝에 도달하여 조건을 달성한다면 공략되죠. 문제는 '끝'까지 어떻게 도달하느냐! 던전은 미로일 수도 있고 숲일 수도 있어요. 어쩌면 바다일지도 모르죠.]

이성민은 기억을 더듬었다. 전생의 이성민이 들어가 죽음을 맞았던 던전은 지하의 미로였다.

[던전 안에서는 몬스터나 트랩 같은, 출입자를 위협하는 다양한 수단들이 존재해요. 던전 밖에서는 몬스터를 죽여봤자 시체가 남을 뿐이지만 던전 안에서 몬스터가 죽는다면……]

"나도 압니다. 던전에서의 몬스터는 던전 밖과는 다르게 확실한 전리품을 남기죠. 돈과 영약, 마법, 무공, 포션, 무기 같은 것들을."

그래서 던전이 개방되면 온갖 종류의 사람이 눈을 뒤집고 달려드는 것이다.

그를 생각한다면 무림맹이 던전에 들어간 위지호연을 따라간 것도 이해가 된다.

위지호연이 던전을 토벌하는 것에 성공한다면 본래부터 강력한 힘을 가지고 있던 위지호연이 정말 손도 댈 수 없는 괴물이 되어버릴 테니까.

"이곳이군."

이성민은 걸음을 멈추었다. 바위투성이의 지면에 붉은색으로 빛나는 거대한 수정이 박혀 있는 것이 보였다. 이성민이 전생에 들어갔던 던전도 저런 모습을 하고 있었다.

이성민은 성큼거리며 수정을 향해 다가갔다.

손을 뻗어 수정에 대었을 때.

[던전에 입장하시겠습니까?]

머릿속으로 그런 목소리가 들렸다. 이성민은 천천히 머리를 끄덕거렸다. 전신이 붕 떠오르는 것 같은 부유감이 이성민의 몸을 휘감았다.

풍경이 바뀌었다.

바뀐 풍경을 살펴볼 틈도 주어지지 않았다. 이성민의 발이 땅에 닿은 순간, 날카로운 살기가 이성민을 향해 폭사했다.

그 갑작스러운 공격은 이성민을 놀라게 하기에 충분했다. 이성민은 급히 발을 뒤로 끌면서 창을 들어 올렸다.

쩌어엉!

커다란 소리와 함께 이성민의 몸이 뒤로 밀려났다.

창을 잡은 양손이 저릿했다. 초절정 고수가 되고서 이렇게 묵직한 공격을 받아보는 것은 이번이 처음이었다.

이성민은 두 눈을 가늘게 뜨고서 공격을 가한 상대를 바라보았다.

"……넌 누구냐?"

덥수룩한 수염을 가진 거한이 이성민을 노려보면서 물었다.

이성민은 거한이 잡고 있는 거대한 도끼를 힐긋 보았다. 무기도 묵직하기는 하지만, 이성민을 밀려나게 한 거력은 도끼의 무게 때문은 아니었다.

"……이성민이라고 합니다."

"이성민?"

그 말에 거한이 눈을 크게 떴다.

"설마. 네가 검귀를 죽였다는 귀창(鬼槍)이란 말이냐?"

이성민은 그 별호를 그리 좋아하지 않았다. 하지만 소문에 흥분하는 사람들은, 성하 도인을 죽인 검귀를 죽인 이성민에게 귀창이라는 별호를 붙여 주었다.

검귀를 죽였기에 귀창.

어울리지 않는 별호다. 당시 이성민이 검귀를 죽였던 것은 이성민 본인의 실력이 아니었다.

아마 검은 심장의 도움 덕분이었을 것이다.

"……맞습니다."

마음에 들지 않는 별호이기는 했지만 이성민은 머리를 끄덕거렸다.

거한의 이름은 장득수.

별호는 역발산이라고 했다.

전생의 기억을 통해서 이성민은 역발산 장득수가 이 던전에서 위지호연에게 죽은 고수 중 한 명이라는 것을 떠올릴 수 있었다.

"자네는 왜 이곳에 있는 것인가?"

이성민을 보는 장득수의 시선에는 여전히 경계가 묻어 있었지만 다짜고짜 살초를 날렸던 처음과 같은 적의는 없었다.

이성민은 검귀를 죽이면서 귀창이라는 별호를 얻었다. 그 이후로 행적이 묘연해지기는 했지만, 귀창이라는 별호가 붙여지는 과정에는 새로운 정파의 젊은 영웅의 탄생이라는 상징적인 의미도 있었다.

성하 도인을 죽이고 도주한 검귀는 누구나 인정하는 마인이었다. 그런 검귀를 죽인 이성민에게 장득수가 호의를 품는 것은 당연한 일이었다.

"……우연히 이 근처를 지나는 도중이었습니다. 기묘해 보이는 붉은 수정이 세워져 있길래 뭔가 싶어서 건드려 보았죠."

[입에 침도 안 바르고 거짓말을 하시네.]

이성민이 어깨에 두른 망토 안쪽에 숨어 있던 루비아가 투덜거렸다.

이성민은 마음속으로 닥치라고 쏘아붙여 준 뒤에 장득수의 반응을 보았다.

"음…… 자네는 던전이 처음인가 보군."

"이곳이 던전이었습니까?"

이성민이 모르는 척 되물었다. 그 말에 장득수가 힘을 주어 머리를 끄덕거렸다.

"우리는 위지호연을 막기 위해 이곳에 왔네. 자네도 위지호연이 누구인지는 알고 있겠지?"

"물론 알고 있습니다."

확실해졌다. 전생에 이 던전에서 있었던 일. 위지호연이 이곳에서 죽였던 고수들은 위지호연을 막기 위해 온 자들이었다.

"왜 위지호연을 막겠다는 겁니까?"

하지만 이것이 의문이다.

이성민은 자신의 질문이 장득수를 자극할지도 모른다고 생각하기는 하였지만 그럼에도 신경 쓰지 않았다.

"그녀는 위험하니까!"

걱정과는 다르게 장득수는 이성민의 질문을 불쾌하게 여기지 않았다.

오히려 그는, 스스로의 믿음에 추호도 흔들림이 없다는 양 격정적으로 내뱉었다.

"작금의 무림, 아니, 이 세계, 제나비스에서는 매일매일 온갖 차원에서의 괴인들이 소환되고 있네. 한데 지금까지 10년간 위지호연만큼 강력하고 불순한 인물이 소환된 적이 있는가?"

"……불순하다?"

"그녀는 스스로를 소천마라 칭하고 있지! 자네 역시 무공을 익혔다면 천마라는 별호가 무엇을 상징하고, 또 얼마나 위험한 것인지 모르지는 않을 텐데?"

"저는 무림 출신이 아닙니다."

"뭐라……?"

이성민의 대답에 장득수가 놀란 표정을 지었다. 하지만 장득수는 곧 마음을 추스르고서 머리를 끄덕거렸다.

"뭐…… 그럴 수도 있지. 어찌 되었든, 스스로를 소천마, 천마라 말하는 위지호연은 위험한 존재일세. 실제로 그녀는 북쪽의 혈천마의 왼팔을 자르는 것으로 우월한 강함을 떨쳤지. 이미 사마외도의 무리가 위지호연을 중심으로 세력을 만들고 있어. 머지않아 그들은 무림맹뿐만이 아니라 이 세계 전체를 위협하게 될 것이야. 그러니 위지호연을 막아야 하는 것일세."

"……그렇습니까?"

"당연히 그렇지! 자네는 던전에 대해 잘 모르는 모양이지만 던전을 공략하면 불가사의한 거대한 힘을 얻게 되네. 가뜩이나 위험한 위지호연이 그 힘마저 얻게 된다면 정말로 손 쓸 방법이 없는 대마인이 될 것이야. 그러니 우리는 위지호연을 막기 위해 이곳에 온 것이네."

장득수는 그렇게 말하고선 성큼거리며 이성민에게 다가왔다. 그러곤 솥뚜껑만큼 커다란 손을 뻗어 이성민의 어깨를 잡았다.

"자네가 도와줬으면 해."

"……어떻게?"

"이 던전에는 이미 위지호연과 그녀를 추종하는 천마군이 들어와 있네. 독고귀검, 혈혈노파, 마랑철권. 모두가 초절정의 경지를 넘은 마두이지."

"예?"

가만히 장득수의 이야기를 듣고 있던 이성민이 반응을 보였다.

독고귀검, 혈혈노파, 마랑철권. 전생의 기억을 더듬어 보아도 이 던전 안에서 그런 별호를 쓰는 셋이 죽었다는 이야기는 듣지 못했기 때문이다.

"뭘 되묻는 것인가? 그 셋이 위지호연을 따라 이 던전에 들어왔단 말일세."

전생과 달라졌다.

'위지호연은 전생보다 빠르게 명성을 떨쳤어. 전생에서 위지호연과 혈천마가 충돌한 적도 없었고. 하지만 이번 생에서 위지호연은 혈천마와 충돌하면서 빠르게 유명해졌지. 그래서 추종자가 더 빠르게 붙은 거야.'

"설마 장득수 님 혼자서 위지호연을 막으러 온 것은 아니시겠죠?"

"물론 아니지! 본좌를 포함한 무림맹의 용사들은 위지호연이 본격적으로 발호한 시점에서부터 그 괴물을 감시하고 있었네."

"이 던전에 장득수 님 외에 또 누가 들어와 있습니까?"

"묵섬광 백소고와 개방의 취걸, 무쌍괴협, 극천도가 와 있네."

모두가 이성민이 알고 있는 이름이었다. 전생에 위지호연에게 죽었던 고수들이다.

그들의 이름을 알게 되면서 이성민은 대강의 상황을 파악할 수가 있었다.

위지호연이 빠르게 발호하면서 그녀를 추종하는 독고귀검과 혈혈노파, 마랑철권이 이 던전에 함께 들어왔다. 그리고 위지호연을 막기 위해 백소고를 포함한 무림맹의 무사들이 들어왔다.

'검귀는 죽어서 오지 않아. 대신에 내가 왔고. 그래도 숫자가 맞지 않는데.'

전생에 위지호연은 이 던전에서 열 명이 넘는 사람을 죽이고 혼자 나왔다. 본래는 들어오지 않는 셋이 더해지기는 했지만 그래도 숫자가 맞지 않는다.

'이후에 더 들어온다는 것이겠지. 어쩌면 오지 않을지도 모르고.'

무조건 전생대로 흘러가는 것이 아니라는 것은 이미 알고 있다.

이성민이 그런 생각을 하는 동안 장득수는 두 눈에 힘을 주고서 이성민을 바라보고 있었다.

"힘을 보태주게."

"……한데…… 장득수 님은 왜 이곳에 있는 겁니까? 다른 분들은 어디에 있는 겁니까?"

"그게…… 으음. 사실 본좌도 잘 모르겠어. 던전이라는 것은 상식에 구애받는 장소가 아닐세. 모두가 함께 들어왔지만, 정신을 차리고 보니 나 혼자 이곳에 있었지. 아마 뿔뿔이 흩어진 듯해."

상황이 좋지 않다. 흩어져 있어서 장소를 알 수가 없다면 지금 이 순간에도 위지호연과 백소고가 마주쳤을지도 모르는 일 아닌가.

"알겠습니다. 도와드리겠습니다."

이성민의 대답에 장득수는 기분이 좋아져서 요란한 웃음을 터뜨렸다.

[잠깐만 기다려 봐요. 던전의 형태를 분석 중이니까요.]

이성민이 장득수의 뒤를 따라 걷는 중에 품속에 숨은 루비아가 웅웅거리면서 목소리를 보냈다.

'분석하면 뭐 알기는 합니까?'

[……당신…… 저를 너무 무시하는 모양인데. 저는 대마법사인 엔비루스 님이 심혈을 기울여 만든 최고의 사역마예요. 내 입으로 말하기는 조금 그렇지만, 여태까지 창조된 인공 생명 중에서 나만큼 뛰어난 존재는 없을걸요.]

'그렇게 말해봤자 엔비루스 본인이 유명하지도 않는데.'

[그건! 저희 주인님이 소문에 휘말리는 것을 싫어하셔

서…….]

'일단 해보십시오.'

루비아와 긴 실랑이는 하고 싶지 않았다. 루비아는 이성민이 말을 끊자 작은 소리로 구시렁거렸다.

"음?"

덜컥.

앞장서서 걷던 장득수가 무언가를 밟았다. 그 작은 소리를 듣고서 이성민은 등에서 찌릿하고 오한이 올라오는 것을 느꼈다.

[오, 이런.]

루비아가 탄식을 흘렸다.

공간이 일렁거린다. 던전은 상식에 구애받지 않는다. 일어나는 현상을 보며 이성민은 그것이 무슨 소리인지 이해했다.

천장이 사라지고 벽이 사라진다. 곧이어 역한 악취가 후각을 덮쳐 온다.

"뭔 악취가……!"

장득수가 얼굴을 일그러뜨리며 외친다. 이성민은 아무것도 모른다는 듯이 발을 굴러대는 장득수의 뒤통수를 보며 끓어오르는 살의를 삼켜야만 했다.

어느새 이성민과 장득수가 있는 곳은 구불구불한 외길로 변해 있었다.

주변을 둘러보던 장득수가 코를 부여잡으며 투덜거렸다.

"여긴 또 어디인가?"

"내가 어떻게 압니까?"

이성민은 투덜거리면서 주변을 둘러보았다. 그러던 중에 장득수가 등 뒤에 메고 있던 도끼를 들었다. 장득수가 도끼로 붉은 벽을 내리찍으려 들자 이성민은 기겁하면서 장득수를 가로막았다.

"잠깐, 잠깐! 지금 대체 뭐 하시는 겁니까?"

"우선 벽을 뚫어야 하지 않겠나."

"탐색 먼저 해야 하지 않겠습니까?"

"시간이 없네!"

장득수가 버럭 외쳤다. 이성민은 진심으로 장득수를 죽이고 싶어졌다.

[······흠.]

그래도 장득수가 아주 등신은 아니었다. 그는 이성민이 앞을 가로막자 불편하다는 표정을 지으면서도 도끼를 휘두르지는 않았다.

[기묘한 곳이네요. 벽······ 아니, 저걸 벽이라고 해야 할지도 모르겠는데. 저건 살덩이 같은 거예요. 괜히 건드리지는 마시고. 말했던 것처럼 던전이라는 것은 상식에서 벗어나 있는 장소예요. 마법 같으면서 마법도 아닌 기묘한 힘들이 뒤엉

킨 장소죠.]

'……그래서?'

[준비나 하시죠. 뭔가 일어날 테니까.]

루비아가 경고했다. 그녀의 말대로였다. 붉은 살덩이로 이루어진 바닥이 꿈틀거리더니 무언가가 솟구쳐 올라왔다. 모습을 드러낸 것은 흉측하게 생긴 괴물이었다.

"……이건 또 뭐야?"

장득수가 솟구친 괴물을 보고서 중얼거렸다. 꾸물거리던 살덩이는 장득수를 보고 이성민을 보았다.

이윽고, 그 괴물의 모습이 바뀌었다.

바뀐 괴물은 무복을 입고 있었다. 이성민은 꿈틀거리며 뒤틀리는 괴물의 얼굴을 보면서 눈을 부릅떴다.

"……백 소저?"

장득수가 멍하니 목소리를 냈다. 뭔지 모를 괴물은 백소고의 모습을 하고 있었다.

백소고, 아니, 백소고의 모습을 한 괴물은 아무 행동도 하지 않고 우두커니 섰다. 그러다가 삐걱거리며 머리를 돌리더니 장득수를 보았다.

쉭.

괴물의 모습이 사라진다. 이성민은 움찔하고서 발을 뒤로 빼냈다. 이성민과는 다르게 장득수의 반응은 조금 늦었다.

"어, 어……."

빠아악!

허공에서 튀어나온 괴물의 발길질이 장득수의 가슴을 갈겼다.

장득수의 입이 쩍 벌어지며 검은 피가 튀었다. 묵직한 일격이었지만 장득수 역시 고수다.

찰나의 순간에 끌어올린 반탄강기가 장득수의 몸을 보호했다.

안다.

이성민은 발길질의 반동으로 허공에 떠 있는 괴물을 보았다.

방금 전에 괴물이 보여주었던 것. 저 보법. 이성민은 저것을 알고 있었다. 무영탈혼의 일식인 일보무흔. 이성민이 므쉬의 산에서, 소림에서, 정신세계에서 쉼 없이 수련했던 그 보법.

그 보법을 왜 괴물이 펼치고 있는 것일까. 왜 저 괴물이 백소고의 모습을 하고 있는 것일까.

"잠깐…… 잠깐! 백 소저! 대체 이게 무슨……!"

장득수는 상황 파악을 하지 못했다. 그는 괴물이 백소고의 모습으로 변하는 것을 두 눈으로 본 주제에 괴물을 향해 백 소저라고 칭했다.

그 부름이 이성민은 역겨웠다. 이성민은 창을 잡았다.

[저건…… 도플갱어네요. 아니, 일반적인 도플갱어와는 조

금 다르기는 한데. 저기, 듣고 있어요?]

안다.

저건 백소고가 아니다. 백소고의 모습을 하고 있는 괴물일
뿐이다.

[조금 진정하는 것이 어때요?]

하지 않을 거야.

이성민은 마음속으로 그렇게 대답했다. 백소고의 모습을 한
괴물을 향해 장득수는 계속해서 떠들고 있었다. 미련하게도.

이성민은 앞을 가로막은 장득수의 어깨를 붙잡았다.

장득수가 놀란 표정을 하고서 이성민을 돌아보았지만 이성
민은 장득수에게 설명해 주지 않았다. 입을 열어봐야 좋은 말
이 나올 것 같지도 않았다.

"잠깐, 지금 뭐 하는⋯⋯."

장득수가 이성민에게 말을 건다. 듣지 않는다. 이성민은 서
있는 괴물을 볼 뿐이었다.

괴물은⋯⋯ 백소고를 닮은 괴물은 백소고와 같은 눈동자를
깜박거리며 이성민을 보다가, 한 걸음 앞으로 발을 뻗었다.

일보무영.

수십 개의 잔상이 이성민을 덮친다. 이성민은 걷지 않고 창
을 들었다. 무영탈혼을 펼칠 생각은 없었다.

무영탈혼은⋯⋯ 저 괴물이 아닌, 백소고에게 직접 보여주

고 싶었다.

그때, 그 산에서, 당신에게 이 무공을 배웠던 내가 지금은 이렇게 되었노라고. 걸음 하나하나 떼는 것도 힘들어하던 녀석이 지금은 이렇게 되었노라고.

많이 컸구나.

검귀를 죽이던 밤, 백소고에게 그 말을 듣고서 얼마나 좋았던가.

다시 한번 그 말을 듣고 싶었다.

수십 개의 잔상이 격렬하게 움직인다. '진짜' 백소고의 무영탈혼이 얼마나 뛰어난지 이성민은 알지 못한다.

므쉬의 산에서 백소고가 보여주었던 무영탈혼과 지금 그녀가 펼치는 무영탈혼은 수준이 다를 테니까.

하지만 분명한 건, 저 괴물이 펼치는 무영탈혼은 므쉬의 산에서 백소고가 보여주었던 무영탈혼의 이상이었다.

하지만 현혹되지 않는다. 붉은 창영이 펄럭거린다. 그리고 수십 개의 찌르기가 앞으로 쏘아진다.

창에 꿰뚫린 잔상들이 모조리 흩어졌다.

쉭.

흩날리는 잔상의 파편 속에서 살초가 덮쳐 온다.

도플갱어의 공격은 위협적이면서 동시에 살기는 조금도 실려 있지 않았다. 그래서 대처하는 것이 까다로울 수밖에 없었다. 살기가 없는 공격이기에 감지하는 것이 힘들기 때문이다.

이성민에게는 아니었다. 그의 감각과 존재하지 않는 육감은 도플갱어의 공격을 확실히 포착했다. 이성민의 손안에서 창이 붕 하고 회전했다.

타탁!

연달아 차낸 발길질과 이성민의 창간이 부딪힌다. 이성민은 걸음을 뒤로 물리지 않고서 양 팔근육에 힘을 불어넣었다.

부웅!

옆으로 크게 휘두른 창이 도플갱어를 뒤로 물러서게 했다.

도플갱어는 백소고의 것과 같은 회색 눈동자를 굴리면서 붉은 창영을 보았다. 창영 안에 날을 숨긴 창두를 확인했을 때, 이미 창은 그보다 앞선 곳에 있었다.

'똑같군. 소름 끼칠 정도야.'

도플갱어의 발이 움직인다. 발놀림에서 시작되는 전체적인 몸짓은 완벽에 가까운 무영탈혼을 만들어낸다.

무영탈혼을 모르는 이라면 저 특별할 것 없는 발걸음에서 시작되는 극쾌와 극환의 몸놀림에 당황할 수밖에 없을 것이다.

하지만 이성민은 아니다. 이성민은 무영탈혼을 알고 있다.

한 걸음에서 두 걸음으로. 그렇게 이어지는 것은 무영탈혼의 삼식(三式)인 이보겁살(二步劫煞).

무영탈혼은 보법이면서 보법이 아니다. 걸음에서 시작되는 극한의 체술이 무영탈혼이다.

도플갱어가 두 걸음을 걸었을 때 전신이 폭사하며 농도 짙은 강기를 쏘아냈다. 이성민이 잡은 창에서 자색의 강기가 크게 부풀었다.

꽈아앙!

휘두른 일격에 이보겁살의 강기가 밀려난다. 이성민의 손 안에서 창이 맹렬한 회전을 시작했다.

그리고 정면으로 찌른 창이 도플갱어의 가슴을 꿰뚫었다.

도플갱어는 입을 벌렸지만 비명도 신음도 흘리지 않았다. 다만 그 눈을 깜박거리며 이성민을 보다가 다시 흉측한 살덩이로 돌아왔을 뿐이었다.

힘없이 축 늘어지는 살덩이를 보면서 이성민은 찌른 창을 뽑았다.

"대체…… 무슨 일이 벌어지는 건가?"

"괴물입니다."

이성민은 백소고의 모습을 했던, 지금은 단순한 살덩이를 내려다보며 중얼거렸다.

괴물을 꿰뚫었을 때 손에 전해진 감각. 마지막으로 이쪽을 향하던 표정. 이성민은 창을 털어 묻은 살덩이를 털어내며 그 순간에 느꼈던 불쾌와 짜증도 마저 털어냈다.

"백 소저의 모습을 하고 있었는데 괴물이라니……."

"직접 보지 않으셨습니까. 저것은 그런 괴물입니다."

"대응이 미진하기는 했지만, 그…… '괴물'이 보여주었던 무영탈혼은 틀림없는 백 소저의 것이었네. 내가 겪기에는 크게 수준 차이가 나지 않았던 듯해."

장득수가 믿을 수 없다는 얼굴을 하고서 중얼거렸다. 이성민도 도플갱어와의 싸움을 통해 어느 정도 느낀 것이 있었다.

놈들은 생각이라는 것을 하지 않는 것 같았지만, 그럼에도 놈들이 펼치는 무공은 대상으로 한 본인과 크게 다를 것이 없을 정도로 위력적이었다.

[본래 도플갱어라는 몬스터는 모습만 똑같이 흉내 낼 뿐, 기술까지 흉내 낼 수는 없어요. 하지만 그것은 '바깥'에서의 상식이죠.]

루비아가 그렇게 중얼거렸다.

[분석은 진행 중이에요. 지금 선에서 파악한 정보는 이 던전이 복잡한 미로 형식이라는 것. 길잡이 역할 정도는 가능할 것 같으니, 저를 믿고 앞으로 나아가도록 하세요.]

'믿어도 되는 겁니까?'

[우씨, 그냥 좀 믿어주면 안 되나요?]

루비아가 투덜거렸다. 오가는 대화를 듣고 있던 마갑이 웅웅거리며 떨린다. 마갑에 빙의된 허주가 자기도 떠들고 싶어 하는 듯했다.

'뭡니까?'

[저 조잡한 인형은 떠들게 내버려 두면서 왜 나는 닥치고 있으라 하는 것이냐?]

[조잡한 인형이라니요? 제 몸뚱이도 갖지 못하고 갑옷에 깃들어 있는 주제에!]

[맹세하건대, 내가 본신을 되찾은 순간 네년의 궁둥이를 찢어버릴 것이다.]

허주와 루비아가 투닥거리기 시작했다. 이성민은 머리가 지끈거려 오는 것 같아 마갑을 손으로 두드렸다.

그러자 허주가 찔끔하여 입을 다물었고, 루비아가 보란 듯이 으스대는 웃음소리를 내었다.

"······끔찍한 생각이 드는군."

장득수는 이전과는 다르게 경계 가득한 표정을 하고서 조심스레 앞을 걷고 있었다. 거대한 도끼를 양손에 쥔 거한이 움찔거리며 앞으로 걷는 것은 꽤나 희극적으로 보였다.

"무슨 생각 말입니까?"

"이······ 던전 말일세. 방금 우리는 백 소저와 같은 모습을 한 괴물과 싸움을 벌였지."

'우리는'이 아니라 '내가'.

이성민은 그렇게 쏘아붙이고 싶었지만 참았다.

"만약 다른 이들도 싸움을 벌이고 있는 것이라면……."

이성민도 장득수가 무슨 말을 하고 싶은 것인지 깨달았다. 백소고의 모습을 한 도플갱어는 백소고의 무영탈혼을 펼쳤다.

비록 싸움 자체에 익숙하지는 않았다고 해도 도플갱어가 펼친 무공은 진짜였다. 이성민은 무영탈혼을 알고 있기 때문에 비교적 쉽게 쓰러뜨릴 수 있었지만, 만약 위지호연의 도플갱어가 나타난다면.

'아.'

전생의 기억을 떠올린다. 이 던전에서, 위지호연을 제외한 모두가 죽었다. 그리고 위지호연은 던전에서 나와 선언했다. 다른 이들은 모두 자신이 죽였노라고.

실은 백소고와 다른 이들을 죽인 것은 위지호연이 아닌 그녀의 도플갱어였던 것이 아닐까.

"서두르죠."

이성민은 가슴속에서 올라오는 불길함을 의식하면서 장득수를 지나쳐 앞으로 향했다.

"허억…… 허억……!"

무쌍괴협은 거친 숨을 몰아쉬면서 앞을 노려보았다.

그가 보고 있는 곳에는 처참하게 짓이겨진 시체가 나뒹굴고 있었다. 무쌍괴협과 함께 이 던전에 들어온 무림맹의 고수 중 하나인 극천도였다.

극천도는 초절정을 목전에 둔 누구나 인정하는 고수였으나, 경지에 오른 무공과 높은 무명이 무던하게도 극천도의 죽음은 일방적으로 이루어졌다.

"괴물 같으니……!"

무쌍괴협은 머지않아 자신이 극천도와 똑같은 결말을 맞게될 것임을 자각하고 있었다.

그는 피가 들러붙은 자신의 양손을 힐긋 내려다보았다. 왼주먹은 으깨져서 통증 외에 아무것도 느껴지지 않는다. 오른주먹은 그나마 뼈는 상하지 않았지만, 무쌍괴협은 그를 다행이라고 생각할 수가 없었다.

극천도의 시체를 넘어 괴물이 다가온다. 괴물은 얼음장처럼 차가운 미녀의 모습을 하고 있었다.

밤의 어둠을 길게 늘인 듯한 검은 머리카락은 걸음걸이를 옮길 때마다 얕게 찰랑거렸고, 빛이 없는 검은 눈동자는 일말의 감정도 비치지 않았다.

소천마 위지호연.

괴물이라는 것은 알고 있었다. 나이에 비해 뛰어난 무공을 가지고 있다는 것도 알았다.

혈천마 백무선을 일방적으로 몰아붙여 왼팔을 자르고, 백무선의 본거지인 트라비아에서 상처 하나 없이 빠져나갔다는 것은 이미 위지호연의 강함을 상징하는 신화가 되어 있었다.

그럼에도 위지호연을 추격했던 것은, 이 던전에 위지호연을 따라 들어온 것은 무쌍괴협이 품고 있던 정의감 때문이었다.

그렇기에 무쌍괴협은 도망치려 들지 않았다. 그는 필살의 각오와 함께 진원진기를 격발시켰다.

평생을 쌓아온 공력이 무쌍괴협의 전신에 깃들었다.

비록 초입이라고는 하나 무쌍괴협 역시 초절정 고수. 동귀어진을 각오한다면 팔 하나쯤은 가져갈 수 있을지도 모른다. 무쌍괴협이 바라는 것은 그것뿐이었다.

"으아아앗!"

무쌍괴협은 사자후를 터뜨리며 앞으로 뛰어나갔다. 방어 없는 공격. 목숨을 돌보지 않는 동귀어진의 각오가 무쌍괴협의 몸을 움직이게 했다.

그런 무쌍괴협을 바라보던 위지호연이 손을 들어 올린다. 그녀의 어깨를 덮고 있던 흑룡포가 크게 부풀었다.

알고 있다. 바로 방금 전에 극천도가 저 공격을 피하지 못하고 처참한 시체가 되었다.

힘없어 보이는 저 천 쪼가리는 위지호연의 공력이 더해지면서 세상 그 무엇보다 단단하고 빠른 둔기가 되기도 하고 채찍이 되기도 했다.

시야를 가득 덮고 휩쓸어 오는 공격을 뛰어넘는다. 완전히 피하지 못해 왼쪽 다리가 뜯겨 날아가지만 개의치 않는다. 무쌍괴협은 통증을 잊었다. 살의가 쏟아져 나오는 무쌍괴협의 눈은 이쪽을 올려다보는 위지호연만을 보았다.

무쌍괴협을 올려 보는 백소고의 눈에는 아무런 감정도 담겨 있지 않았다.

위지호연의 손이 다시 움직였고, 흑룡포가 펄럭거리며 공중으로 튀어 오른다. 단조로운 공격이었지만 그 속도와 힘을 무시할 수가 없다. 무쌍괴협은 이를 악물고서 공중에서 몸을 비틀었다.

콰드드득!

왼팔이 뜯긴다. 아찔한 고통이지만 무시한다. 참아야 했다. 무쌍괴협은 피를 토하면서 오른손을 앞으로 펼쳐 뻗었다. 긁어모을 수 있는 모든 공력을 담은 장력이 위지호연을—

……거기까지가 무쌍괴협이 본 것이었고, 마지막으로 한 생각이었다. 직전에 품었던 무쌍괴협의 간절한 바람 속에서 그의 장력은 위지호연의 머리를 박살 냈다.

하지만 현실에서 머리가 박살 난 쪽은 무쌍괴협이었다. 위지호연은 들었던 손을 아래로 내리면서 쏟아지는 피의 비를 그대로 맞았다.

멍하니 하늘을 보던 위지호연은 몸을 돌려 극천도의 시체를 보았다.

위지호연의 모습을 한 괴물은 아무런 감정도 느끼지 못하고, 그 자리를 떠났다.

위지호연의 도플갱어가 극천도와 무쌍괴협을 살해했을 때, 진짜 위지호연은 앞에 서 있는 남자를 우두커니 바라보고 있었다.

남자는 상처투성이였다. 옆구리는 크게 찢어져 있었으나 피도 내장도 흐르지 않는다. 운신이 불가능할 정도의 중상이었으나 남자는 조금도 움츠러들지 않았다.

그럼에도 남자의 눈동자에는 특별해 보이는 집념이나 각오가 깃들어 있지도 않았다.

"……흐음."

위지호연은 펄럭거리는 흑룡포를 아래로 내리면서 손으로 턱을 어루만졌다. 그녀는 눈썹을 찡그리면서 다시 한번 남자의 얼굴을 살펴보았다.

저것이 '진짜' 인간이 아니라는 것쯤은 안다. 바로 눈앞에서, 뭔지 모를 살덩이가 솟구쳐 저런 모습으로 변하는 것을 보았으니까.

"혹시나 했는데."

처음에는 알아보지 못했다. 그도 그럴 것이, 벌써 9년이나 흐르지 않았나.

9년 전에 제나비스에 있었던 위지호연은 어린 소녀의 모습을 하고 있었고, 마찬가지로 '그 녀석'도 소년의 모습을 하고 있었다.

그리고 9년이 흘렀다. 세월과 사건을 겪은 위지호연은 9년 전의 모습이 거의 남지 않게 되었다.

"너도 이곳에 와 있었구나."

어느 틈에 들어온 것일까. 무림맹의 추격자들은 의식하고 있었지만 그들 중에서 저 녀석의 존재를 느낀 적은 없었다.

위지호연은 복잡한 그리움을 느끼면서 쓰게 웃었다. 설마 이런 장소에서 만나게 될 것이라고는 생각하지 못하였기 때문에, 위지호연은 '진짜' 그 녀석을 만나게 되었을 때 어떤 표정을 지어야 할지 고민되었다.

이럴 줄 알았다면 조금 더 꾸미고 올 것을 그랬나. 아니, 그것도 어울리지는 않지.

그런 생각을 하다가 위지호연은 자신의 가슴을 내려다보았다.

'이건 그리 크지 않았지만.'

위지호연이 느끼고 있는 가장 큰 불만은 그것이었다. 9년 동안 키가 크는 등 체격이 변하고 얼굴이 바뀌었지만 그녀의 가슴은 그리 크지 않았다.

없는 수준은 아니었지만 누가 봐도 크다고 느낄 정도는 아니었고 위지호연이 가진 기준에 있어서는 평균보다 조금 작았다.

남자 행세를 하지 않고 여자답게, 여자의 옷을 입고, 스스로를 여자라고 소개하며 9년을 살았다.

하지만 위지호연이 '들었던' 전생에서 위지호연의 가슴이 자라지 않았듯이 위지호연이 남자가 아닌 여자로 살기는 했어도 그녀의 가슴은 커지지 않았다.

'나름 노력은 했다고 생각했는데.'

다시 만났을 때, 도드라진 가슴의 굴곡을 보여주며 으스대고 싶었다.

하지만 어쩔 수 없는 것은 어쩔 수 없는 것인지. 가슴은 커지지 않았다.

차라리 풍유환이라도 구해서 먹어볼까 싶기는 했지만, 막상 그렇게 해보려고 하니 그 녀석을 위해 그렇게까지 할 이유가 있는가 싶어서 하지는 않았다.

게다가 가슴이 정말로 수박처럼 커져 버린다면 그것도 굉장히 불편할 것 같았다.

이러니저러니 해도 위지호연은 지금 자신의 가슴 크기에 만족하고 있었다. 체술을 펼치기에도 부담이 없고.

'하지만 지금은 꽤 후회되는군.'

하지 않기는 하였지만 놀란 표정은 꽤 보고 싶었거든.

위지호연은 진심으로 그런 생각을 하면서 손을 들어 올렸다.

"이 세계는 무척이나 신비로와. 9년이라는 시간 동안 나는 아주 많은 것을 보고 들으며 겪었다. 그렇게 지금의 내가 되었지. 지금의 나는, 전생의 네가 알고 있던 '나'와는 다를 것이야."

이렇게 말은 해보지만.

위지호연은 큭큭거리며 웃었다.

"뭐, 너는 전생의 나와 만나본 적이 없다고 하였지만 말이다. 그리고 이 대화도 의미가 없군. 너는…… 그러니까, 내가 아는 녀석이 아니잖아. 그렇지?"

도플갱어는 대답하지 않는다. 옆구리의 상처를 도외시하고 공격. 앞서 뻗은 걸음으로 단숨에 거리를 좁혀오며 쥐고 있던 창을 일직선으로 쏜다. 아니, 쏘는 척을 할 뿐.

창영이 흩날리며 창두를 감춘다. 일직선의 창간은 양팔, 양손의 움직임에 따라 직선이 아닌 다른 움직임을 보인다.

그것이 위지호연을 흡족하게 만들었다.

구천무극창 성민식. 본래 있던 구천무극창을 위지호연이 이성민에게 맞게 뜯어고친 무공.

솔직히 그 무공을 전수하면서 위지호연은 이성민에게 큰 기대는 하지 않았다.

위지호연이 보았던 이성민의 재능은 정말로 대단하지 않은 것이라, 10년의 시간을 주기는 하였지만 이성민이 초절정의 문턱에도 들지 못할 것이라고 생각했었다.

하지만 보라. 쏘아진 창은 자색의 강기가 덮여 아름답다. 자하신공의 강기다.

위지호연은 기쁜 미소를 지으면서 손을 앞으로 뻗었다. 아래로 처져 있던 흑룡포가 위지호연의 손짓에 따라 앞을 향해 활짝 펼쳐진다.

도플갱어가 내지른 창은 위지호연의 흑룡포에 의해 허무하게 가로막혔다.

"훌륭해졌어."

위지호연이 중얼거렸다. 뻗은 손이 주먹을 쥐었을 때, 흑룡포에 휘감긴 창이 끔찍한 소리를 내면서 으스러졌다.

도플갱어는 잡은 창을 빼려고 들었지만 그보다 위지호연이 앞으로 나아가는 것이 더 빨랐다. 그녀는 살짝 말아 쥔 주먹을 도플갱어의 가슴에 가져갔다.

퍼엉.

도플갱어의 상체가 폭발했다. 위지호연은 흩뿌려진 살점을 피해 멀찍이 뒤로 물러서면서 쓰게 웃었다.

"네가 이곳에서 죽으면 나는 많이 슬플 거야."

아마도.

위지호연은 그렇게 덧붙이면서 몸을 돌렸다.

백소고는 모르는 일이었지만, 그녀는 운이 좋았다.

위지호연의 도플갱어와 마주쳐 제대로 된 저항도 못 하고 죽은 극천도나 무쌍괴협과 비교한다면 확실하게 운이 좋다고 할 수 있을 것이다.

백소고가 마주친 것은 그녀와 함께 이곳에 들어온 무림맹 소속원 중 하나인 극천도의 도플갱어였다.

무림맹의 다섯 중에서 가장 실력이 떨어지는 것이 극천도였고 백소고의 실력은 그중에서 가장 뛰어났다. 덕분에 백소고가 극천도의 도플갱어를 쓰러뜨리는 것은 조금도 어렵지 않았다.

더욱이 운이 좋았던 것은 백소고가 다짜고짜 극천도의 도플갱어와 마주친 것이 아니라는 것이었다. 백소고는 극천도의 도플갱어가 만들어지는 과정을 목격했고, 이 던전이 어떤 식인지에 대해서도 어느 정도는 이해할 수 있었다.

'도플갱어……. 설마 이런 곳에서 마주치게 될 줄이야.'

대부분의 무림인, 특히나 에리아에서 태어난 것이 아닌 무림에서 살다가 갑작스레 소환된 이계인은 무공 외의 다른 분야에 대해서는 문외한에 가깝다. 그들은 자신들이 살았던 무림이라는 세상과 무공에 대해 자부심이 넘쳤다.

그런 면에서 백소고는 굉장히 합리적인 무림인이었다. 그녀는 무공 외에 다른 기술에 대해서도 박식했다.

'보통의 도플갱어는 모습만을 흉내 낼 뿐인데. 이 던전의 도플갱어는 무공까지 사용하고 있어. 전투 자체는 미숙했지만…… 극천도의 도플갱어는 극천도 본인과 비교해서 크게 부족함이 없는 무공을 사용했지.'

백소고는 극천도의 무공을 잘 알고 있었다.

같이 무림맹에 소속되고, 위지호연의 감시라는 임무를 받게 되면서 극천도와 여러 번 비무를 해왔기 때문이다.

극천도는 일행과 비교해서 그리 뛰어난 고수는 아니었으나 무공에 대한 그의 열정만은 진짜였기 때문에 백소고는 극천도에게 호의적인 감정을 가지고 있었다.

'이 던전은 위험해.'

쓰러진 도플갱어는 더 이상 일어나지 않는다.

본래 던전에서 출현하는 몬스터는 쓰러지면서 확실한 전리품을 남긴다.

백소고는 손을 뻗어 도플갱어의 살점을 뒤적거렸다. 방금 전까지 극천도의 모습을 하고 있던 살덩이를 뒤지는 것이 유쾌하진 않았으나 살덩이를 헤집는 백소고의 손길에는 거침이 없었다.

"……포션?"

끈적거리는 살점의 아래에 손바닥만 한 크기의 유리병이

파묻혀 있었다.

백소고는 유리병을 들어 가볍게 흔들어 보았다.

색깔은 영롱한 자주색.

나름대로 지식을 쌓은 백소고였지만 안에 든 내용물이 어떤 것인지는 파악할 수 없었다.

이런 경우 가장 확실한 것은 자신이 마시거나 타인에게 마시게 하는 것이겠지만, 그것은 많은 방법 중에서도 가장 무식한 방법이다.

백소고는 허리춤에 매어두었던 아공간 포켓에 손을 집어넣었다. 그녀가 꺼낸 것은 무림맹의 쥐꼬리만 한 봉급을 모아 구입한 아티팩트였다. 겉으로 보기에는 조잡한 돋보기처럼 보이지만 이 아티팩트를 구입하기 위해 백소고는 반년이 넘도록 생활비를 줄여야만 했다.

'엘릭서로군. 불순물도 적어……. 이 정도의 엘릭서라면 고위 신관의 축복급이야.'

물론 엘릭서라고 해서 만능은 아니다. 팔이 잘렸을 때 잘려나간 팔이 있다면 붙이는 것이 가능하지만 팔 자체를 재생시킬 수는 없다.

그렇다고는 해도 엘릭서는 다양한 포션 중에서도 최상급으로 꼽힌다.

백소고는 엘릭서를 아공간 포켓 안에 집어넣었다.

"……자아…… 그러면…….."

백소고는 구불구불한 살덩이의 길을 바라보면서 생각에 잠겼다.

어디가 앞이고 뒤인가.

공간이 변화한 것인지 이런 공간으로 이동하게 된 것인지 알 수 없다.

어디가 앞인지 뒤인지도 모르겠다.

'다른 사람들은 어디에 있지?'

우선, 백소고는 마음 내키는 대로 걸어보자고 생각했다.

♨

던전을 악취 가득한 살덩이의 길로 바꾼 장본인인 장득수는 말이 많았다. 그는 이성민의 어깨 옆에서 걸으면서 이성민이 백소고의 도플갱어를 살해할 때에 보였던 수법에 대해 감탄하고 자기 나름대로의 무론을 늘어놓았다.

[시끄럽네요.]

이성민은 루비아의 말에 공감했다.

차라리 죽이고 가버릴까.

그런 생각을 하지 않은 것은 아니지만 이성민은 살인을 즐기지는 않았다.

그것은 이성민이 2100년의 정신세계에서 살아오면서 몇 번이나 정신이 붕괴하고 재구축되는 과정에서 필사적으로 붙잡은 인간성 중 하나였다.

죽이는 것에 망설임은 갖지 않는다. 하지만 즐기지는 않는다. 어쩔 수 없다면 죽인다. 그래야 한다면 죽인다. 그 외에는 죽이지 않는다.

장득수는 수다스러웠지만 그렇다고 해서 죽일 정도는 아니었다.

그리고 장득수는 초절정 고수다. 무슨 일이 벌어질지 모르는 던전이니 함께 행동해서 나쁠 것은 없다.

마갑이 웅웅거린다. 이제까지 잘 닥치고 있던 허주였다.

'또 뭡니까?'

[단순한 궁금증이다.]

대화를 나누고 싶다고 웅웅거리는 것에 이성민이 과민하게 반응하지 않자 그는 조금 안심한 모양이었다.

[네놈, 왜 먹지 않는 것이냐?]

뭔가 싶었더니.

이성민은 피식거리며 웃었다. 도플갱어의 사체를 뒤져 얻은 전리품.

이성민이 획득한 것은 인공적으로는 정제가 불가능한, 던전에서만 발견되는 마정석이었다.

이것은 이 세상에서 효율이 가장 좋은 영약이다.

본래 영약은 아무리 잘 만들어도, 복용자가 뛰어난 심법을 익힌 고수이거나 경지에 오른 마법사라고 하여도 취할 수 있는 내공과 마력에는 한계가 있다.

하지만 마정석은 다르다. 겉으로 보기에는 주먹만 한 크기의 보석이지만 입에 넣는다면 사르르 녹아 그대로 몸에 흡수된다.

내공심법도 마법도 필요 없다. 복용한 순간 아무런 부작용 없이 힘이 더해진다. 무공을 익혔다면 내공이 증진되고, 마법을 익혔다면 마력이 증진된다.

'내 몸뚱이는 불안정합니다. 괜히 처먹었다가는 몸이 망가질 수도 있어요.'

[아마 그렇지는 않을걸.]

이성민의 대답에 허주가 심드렁하니 대답했다.

'……무슨 뜻입니까?'

[빙의에 실패하기는 했지만 이 갑옷에 깃들어 네놈의 몸을 밀착하여 살필 수 있었지. 확실히 네놈은 불안정해. 하지만 그런 주제에 몸뚱이는 굉장히 튼튼하지.]

'튼튼하다고?'

[네놈의 몸 안에 이상한 것이 있어. 의식하고 있나? 으하하! 인간의 몸에 인간의 것이 아닌 심장이라니. 이 대요괴 허주가

장담컨대, 대요괴라고 불리는 놈들 중에서 네놈만큼 튼튼하고 뛰어난 심장을 가졌던 놈은 없었다. 물론 이 몸을 제외하고서 말이야.]

[몸뚱이도 없는 주제에 으스대기는.]

루비아가 투덜거렸지만 허주는 개의치 않았다.

이성민은 허주의 말에 잠시 생각에 잠겼다.

육체의 부조화. 그것이 일어난 것은 얻은 심득을 무공으로 제대로 체화시키지 못했기 때문이다. 그렇기에 심이 앞선다.

부족한 기는 검은 심장 덕분에 얼마든지 불릴 수 있다. 하지만 체가, 이 몸뚱이가 마음이 보고 겪은 것을 제대로 펼치지 못하고 있다. 정신세계에서 보낸 2100년이 그 부조화를 극심하게 만들었다.

이성민은 불영대사에게 대환단을 받았었다. 하지만 그것은 아직 아공간 포켓 안쪽에 보관되어 있다. 이성민이 그를 복용하지 않는 것은 괜히 내공을 부풀렸다가 심기체의 부조화가 심해서 주화입마에 빠지지 않을까 걱정했기 때문이었다.

'하지만 몸뚱이가 튼튼하다고. 심장 때문이야. 무조건 믿을 수는 없지만.'

프레스칸에게 확실한 답을 얻는다면 모를까. 허주의 말을 곧이곧대로 믿을 생각은 없었다. 허주는 이성민의 몸에 빙의하여 그의 육체를 빼앗으려 한 장본인이다.

'그런데 허주, 당신은 왜 숲에서 나가고자 했던 겁니까?'

[뭐냐 그 말은. 그 숲에서 이미 대답했을 텐데? 모른다. 단지 내가 알고 있는 것은 네놈과 함께 숲을 나가야 한다는 것뿐이었어.]

'함께 나간다는 새끼가 몸을 빼앗으려고 듭니까?'

[새파랗게 어린놈에게 새끼라는 말을 들으니 기분이 참 요상하군.]

그래도 2100년은 살았어, 새끼야.

이성민은 그렇게 쏘아붙이려다가 그만두었다.

[이것은 강력한 암시야. 어떤 대단한 존재가 이 대요괴 허주에게 암시를 걸었는지는 모르겠지만…… 신 따위는 아니겠지.]

'따위?'

[하하! 되돌아온 자라고는 하지만 아는 것은 부족하군. 이 세계에서 신이라는 존재는 그리 대단한 것이 아니야. 나도 하고자 했다면 신이 될 수 있었다고. 하지 않았을 뿐이지. 신이라는 것은 필멸자가 필멸의 굴레를 반쯤 벗은 것에 지나지 않아. 그들은 절대적인 것 같으면서도 미약한 존재지.]

허주가 웃으면서 말했다. 이성민은 므쉬와 데니르를 떠올렸다. 그들이 보여준 권능을 생각한다면 허주의 말에 무조건적으로 공감할 수는 없었다.

[뭐, 어찌 되었든 나는 네놈과 함께 숲을 나가야 했고 나오게 되었지. 머지않아서 그래야 했다는 것이 증명될 거야. 운명이라는 것은 그런 법이지.]

'운명은 개뿔.'

[네놈은 운명을 믿지 않는 것이냐? 세상에 우연이라는 것은 없다. 그래야 할 이유가 있기 때문에 그렇게 되어버린 거야. 네놈이 죽음에서 돌아오고, 내가 네놈과 함께 숲을 나왔다면 그럴 만한 이유가 있으니까 그리된 것이다. 그것이 인과율이고 운명이지.]

운명의 신이라도 찾아봐야 하는 것일까.

이성민은 진지하게 그런 고민을 해보았다.

"음."

하지만 생각을 길게 이어갈 수는 없었다.

육감이 발하는 경고에 이성민은 걸음을 멈추었다. 장득수도 느낀 것이 있는지 걸음을 멈추었다.

"……취걸?"

장득수가 목소리를 냈다.

취걸은 벽에 등을 기대고 주저앉아 있었다. 그의 주변에는 흩어진 도플갱어의 사체가 있었다.

"아…… 장 대협. 대화를 나눌 수 있는 것을 보니…… 후후! 사람이 맞는 것이겠지요?"

취걸은 쉰 목소리로 웃음을 흘렸다. 이성민은 우두커니 서서 앉아 있는 취걸을 보았다.

"……으음! 대체 무슨 일이 있었던 것인가?"

장득수가 급히 취걸에게 다가가며 물었다. 그는 커다란 손을 뻗어 취걸을 부축하려 들었으나 취걸은 머리를 가로저었다.

"괜찮습니다. 그냥 쉬고 있었을 뿐입니다. 그러니까…… 독고귀검과 만났습니다. 아니, 독고귀검이 아닌가. 독고귀검과 똑같은, 독고귀검과 같은 무공을 쓰는…… 그런 괴물과 만났지요."

언제나 말이 많고 유쾌하던 취걸이었지만 지금의 그는 통증과 피로에 찌들어 웃을 수가 없었다. 왼팔이 잘려 나간 상황에서 웃을 수 있는 사람은 많지 않을 것이다.

"포션은……?"

"아공간 포켓이 박살 났습니다. 안에 있던 것들은 공간의 틈새로 사라져 버렸지요. 그래도…… 지혈은 했습니다."

"장득수 님, 포션은 안 가지고 계십니까?"

"……없네."

당당한 대답이었다.

이성민은 제대로 준비도 갖추지 않고서 던전에 들어온 장득수의 무식함에 경외를 느꼈다.

주변을 살펴본다. 독고귀검이었던 도플갱어의 사체는 보였지만 잘린 취걸의 팔은 보이지 않았다.

"팔은 어디로 갔습니까?"

이성민이 취걸에게 다가오며 물었다. 취걸은 이성민을 올려 보면서 흐릿한 눈동자를 굴렸다. 그 시선을 받은 장득수가 대답했다.

"1년 전, 검귀를 죽인 귀창. 자네도 들어본 적이 있지 않은가?"

"들어는 보았습니다만…… 설마 그가?"

"우연히 나와 만나게 되어 이곳까지 동행하고 있었네."

유명한 별호를 가지게 된 것이 꼭 나쁜 일은 아니었다. 귀창이라는 별호를 듣고서 취걸은 납득하여 머리를 끄덕거렸다.

"……독고귀검은 쾌검의 고수입니다. 한 번으로 보이는 참격에 실상 수십 개의 검기가 실려 있지요. 저 살덩이 틈바구니에 내 왼팔이었던 살덩이도 섞여 있을 겁니다."

"도플갱어의 사체에서 뭐가 나왔습니까?"

"무공서."

취걸이 낄낄거리면서 웃었다. 그는 옆에 있던 빳빳한 책을 들어 흔들었다. 살점이 묻어 있기는 했지만 무공서에 새겨진 글씨는 선명했다.

"항룡십팔장이라니. 개방도인 나에게 개방의 무공서라는

것도 웃기지 않습니까? 물론 항룡십팔장은 뛰어난 무공이지만 나에게는 필요가 없어요."

"포션."

이성민은 그렇게 말하면서 아공간 포켓에 손을 넣었다. 취걸이 움찔하고서 이성민을 돌아보았다.

'어차피 포션은 많이 있으니까.'

팔이 남아 있다면 엘릭서를 써서 붙여줄 수 있겠지만 남아 있지 않으니 귀중한 엘릭서를 쓸 필요는 없다. 적당한 포션을 먹인다면 기운은 차릴 수 있을 것이다.

포션 몇 개 쓰는 것으로 개방과 인연을 만들 수 있다. 그것은 썩 나쁘지 않은 일이었다.

지학은 소림의 미래로 불린다. 마찬가지로 취걸도 개방의 미래일 것이다. 그런 취걸에게 도움을 주어 인연을 만든다면 개방과 우호적인 관계를 만들 수 있다.

개방은 유명한 정보 문파다. 거지가 없는 도시는 없고, 대부분의 거지는 개방에 소속되어 눈과 귀의 역할을 맡고 있다.

에레브리사의 회원인 이성민은 정보에 부족함을 느낀 적은 없었지만 개방의 힘이 정보만은 아니다.

구파일방의 일방인 개방은 머릿수만 따지자면 모든 문파 중에 제일이다. 그런 거대 문파와 그 거대 문파의 중심 격인 인물과 인연을 만들어 손해 볼 것은 없다.

"……감사합니다."

취걸은 이성민이 건네는 포션을 받으면서 꾸벅 머리를 숙였다. 그러다가 손에 들고 있던 항룡십팔장의 무공서를 이성민에게 건네주었다.

"저에게는 필요가 없는 무공인데. 어떠십니까?"

"감사합니다."

이성민은 거절하지 않았다. 항룡십팔장은 개방의 절기로 뛰어난 무공이다.

만약 저것을 얻은 것이 취걸이 아니라면 대박이라 해도 부족함이 없을 정도다.

그렇다고 해서 이성민이 항룡십팔장에 욕심을 낼 이유는 없었다. 백보신권도 익혀두기는 했지만 제대로 수행하지는 않았다. 그런 중에 항룡십팔장까지 익힐 이유는 없었다.

'워낙 유명한 무공이라 팔아봤자 큰 가치는 없을 거야. 백보신권이 그랬던 것처럼.'

그래도 공짜로 받는 것이니 기분은 좋았다.

"후우!"

다섯 병의 포션이 소모되었다.

취걸은 이전과 비교해서 확실히 나은 표정을 지으며 몸을 일으켰다. 그는 팔뚝부터 잘린 왼팔이 어색하여 몇 번 어깨를 돌렸지만 그렇다고 해서 잘린 팔이 되돌아오는 것도 아니라는 것쯤은 이해하고 있었다.

"감사합니다."

취걸이 이성민에게 꾸벅 머리를 숙였다. 상처가 아물면서 통증도 느껴지지 않는다. 그렇게 되니 자연스럽게 웃을 수 있었다.

이성민은 취걸의 웃음을 보면서 머리를 가로저었다.

"별것도 아닌 것을요."

"저에게는 아닙니다. 당신이 없었다면 크게 곤란해졌을 거예요."

당연히 그렇겠지.

장득수는 포션도 가지고 있지 않았고, 취걸은 가진 아공간 포켓을 잃었다. 혈도를 점해 지혈했다고는 해도 그것이 만능인 것은 아니다. 제대로 된 치료를 하지 못한다면 결국 육체가 그 부담을 지게 되고 무슨 일이 벌어질지 모르는 던전이니 약해진 몸으로는 살아갈 수 없었을 것이다.

'애초에 전생에서 취걸은 죽었어. 장득수도 마찬가지고.'

그리고 백소고도.

이성민은 아랫입술을 잘근 씹으면서 생각했다. 이성민이 그러는 동안 장득수는 이 던전의 특징에 대해 취걸에게 설명해 주었다.

모든 이야기를 들은 취걸의 얼굴이 뻣뻣하게 굳었다.

"그렇다면 서둘러야겠군요. 위지호연 본인이 아니더라도, 그녀의 도플갱어가 움직이기 시작한다면 큰 피해가 생길 겁니다. 어쩌면 위지호연 본인보다 그녀의 도플갱어가 위험할지도 몰라요. 대화도 통하지 않을 테니까."

어쩌면 이미 피해자가 생겼을지도 모른다. 그에 대해 생각하니 이성민은 초조함을 견딜 수가 없었다.

이성민이 이 던전에 온 것은 백소고의 죽음을 막기 위해서다. 그녀의 죽음만 막을 수 있다면 다른 누가 죽는 것쯤은 아무 상관없었다. 개방과의 인연을 만들어 두기 위해 취걸을 돕기는 했지만 백소고만 살릴 수 있다면 이성민은 지금 당장이라도 취걸을 죽일 수 있었다.

"갑시다."

이성민이 먼저 움직였다. 장득수와 취걸이 이성민의 뒤를 따랐다. 또 뭐가 튀어나올지 몰라 다짜고짜 달려 나갈 순 없었지만, 이성민은 감각을 활짝 열고서 주변의 움직임을 감지하려 들었다.

"백 소저가 걱정되는 겁니까?"

그런 이성민에게 가까이 다가온 취걸이 질문했다. 이성민은 흠칫 놀라 취걸을 돌아보았다.

"아, 당신이 백 소저와 사제 관계라는 것은 백 소저 본인에게 직접 들었습니다. 1년 전에…… 그러니까, 당신이 검귀를 죽였을 때."

"……사저와 무슨 관계이십니까?"

"동료죠."

날이 선 이성민의 질문에 취걸은 머리를 갸웃거리며 대답했다.

취걸은 이성민이 드러낸 감정을 이해하지 못했다. 사실 그것은 이성민도 마찬가지였다. 왜 자신이 취걸에게 순간이나마 적의를 품은 것인지. 자기 자신이 한 일임에도 이성민은 그 이유를 잘 알 수가 없었다.

"아…… 죄송합니다. 단지, 의외의 질문이라 놀라 버린 것뿐입니다."

"아, 괜찮습니다. 이런 문제는 경우에 따라 민감하게 받아들여지기도 하니까요."

취걸은 대수롭지 않다는 얼굴을 하고서 대답했다. 문파에서의 사제 관계라면 비밀스러울 것도 없지만 이성민과 백소고처럼 문파로 대표되는 것이 아니라 무공을 공유하며 이뤄진 사제 관계는 비밀스러울 때도 있는 법이다.

"백 소저라면 걱정하지 않아도 될 겁니다. 그녀는 저희 중에서 가장 강해요."

"하지만 위지호연보다는 약하겠죠."

그 대답에 취걸은 입을 다물었다.

이성민은 더 이상 말하지 않고서 앞을 보았다. 그러던 중에 루비아의 목소리가 이성민의 머릿속에 울렸다.

[분석이 끝났어요.]

꽤 시간이 걸리기는 했지만요.

루비아가 그렇게 덧붙였다. 그리 말하기는 했지만 루비아의 목소리에는 자신이 한 일에 대한 자부심이 충만했다.

이성민은 걷던 걸음을 멈추었다.

"무슨 일입니까?"

이성민이 걸음을 멈추니 취걸과 장득수가 묻는다. 이성민은 그들에게 대답하지 않고서 루비아에게 질문했다.

'어떻습니까?'

[내가 설명하는 것보다는 당신이 직접 보는 것이 낫겠죠.]

그 말이 끝난 순간, 이성민의 눈앞에 반투명한 창이 나타났다. 가끔 띄워서 확인하던 상태창과 같은 식이었다. 하지만 그 안에 있는 내용물은 전혀 달랐다.

"이런 건 오랜만이군."

얼마 만일까.

데니르가 기억의 백업을 해주지 않았더라면 향수조차 느끼지 못했을지도 모른다.

하지만 기억의 백업을 받은 덕에 이성민은 자신이 아주 오래전에 이것과 같은 것을 본 적이 있다는 것을 떠올릴 수 있었다.

에리아로 소환되기 전 대한민국의 서울에 살았을 때. 그래, 이성민이 아직 초등학생이던 시절 다른 아이와 다를 것 없이 이성민도 컴퓨터 게임을 즐겨 했었다.

'미니맵이잖아.'

평면적으로 그려진 지도에 푸른 점이 깜박거린다. 이성민의 시선이 그것을 향하자 루비아가 설명했다.

[저 파란 점이 당신이에요. 이 던전은 네 개의 외길이 있는데, 모든 길의 끝은 한 곳으로 이어져요. 아마 그곳에 이 던전의 보스 몬스터가 있겠죠.]

모든 던전에는 보스 몬스터가 존재한다. 던전을 공략한다는 것은 던전에서 생존하는 것뿐만이 아니라, 보스 몬스터를 쓰러뜨리는 것을 의미한다.

[보세요.]

멈춰 있는 푸른 점의 곁에 노란 점 두 개가 생겨났다.

[현재 던전 안에서 움직이는 사람들이에요.]

노람 점이 늘어난다. 그 숫자는 이성민의 것을 포함하여 총 여덟 개였다.

[그리고 이쪽이 사람이 아닌 존재. 아마 도플갱어겠죠.]

도플갱어의 숫자는 많지 않았다. 붉은 점 세 개가 만들어진다.

이성민은 노란 점과 붉은 점을 노려보았다. 도플갱어의 숫자가 그리 많지 않다는 것이 이성민을 조금 안심시켰다. 그리고 노란 점이 많다는 것도.

'던전에 추가적으로 들어온 사람은 없는 건가?'

[아마도요.]

이성민이 던전에 들어온 시점에서 이 던전에 있는 것은 열 명이었다.

위지호연과 그녀의 추종자 셋, 백소고를 포함한 무림맹의 다섯, 그리고 이성민.

하지만 지금 생존자는 여덟이다. 둘이 죽었다. 누가 죽은 것인지 이성민으로서는 알 방법이 없었다.

제발 백소고가 아니기를.

그렇게 간절하게 믿을 뿐.

'움직이고 있는 도플갱어는 셋이야.'

백소고의 도플갱어가 죽었고, 독고귀검의 도플갱어가 죽었다. 그 외에도 다섯의 도플갱어가 죽었다.

'누구의 도플갱어지?'

위지호연의 도플갱어가 죽었다는 생각은 할 수 없었다.

위지호연 본인을 제외하면 그녀의 도플갱어를 쓰러뜨릴 수 있는 존재는 없을 것이다. 여럿이서 합공을 한다면 또 모를 일이겠지만.

'아니, 움직이는 도플갱어에 대해 생각할 필요는 없어.'

계속해서 살아남는다면 결국 끝의 광장에서 생존자와 만나게 된다.

하지만 살아남지 못한다면 끝의 광장에 가서 기다리는 것은 의미가 없다.

사실 지금 생각해야 할 것은 그것이 아니었다.

"앞쪽에 누군가가 있습니다."

거리가 조금 있기는 했지만 노란 점은 계속해서 이동 중이었다.

'혹시 이 던전에 마법 트랩은 있습니까?'

[글쎄요……. 그것까지는 확인하지 못했는데요.]

"더 이상 마법 트랩은 없는 듯합니다. 속도를 올리도록 하죠."

루비아는 모른다고 대답했지만 이성민은 개의치 않고 그렇게 말했다.

그 말에 이성민의 머릿속에서 루비아가 혀를 내둘렀다. 그러건 말건 이성민은 취걸과 장득수의 행동을 기다리지 않고 앞으로 튀어 나갔다.

이성민이 달리기 시작하자 취걸과 장득수도 이성민의 뒤를 따라 뛰었다.

노란 점과의 거리가 가까워진다. 하지만 근접해서 확인할 필요는 없었다.

이성민은 루비아가 띄운 미니맵을 통해 그의 움직임을 보고 있었지만 누군지 모를 노란 점은 등 뒤에서 달려오는 소리를 들은 탓인지 더 이상 앞으로 향하고 있지 않았다.

'아니야.'

조금 거리가 떨어져 있기는 했지만 모습을 확인하기에는 충분했다.

서 있는 것은 백소고가 아니었다. 그렇다고 위지호연인 것도 아니었다. 누더기처럼 지저분한 장포를 걸친 작달막한 키를 가진 노파였다.

이성민은 저 노파를 처음 보았지만 그녀가 위지호연을 따라 이 던전에 들어온 혈혈노파라는 것을 눈치챘다.

선택해야 했다.

장득수와 취걸과 함께 혈혈노파와 싸울지, 아니면 혈혈노파를 저 둘에게 맡기고 백소고를 구하러 갈지.

사실 이 문제는 선택을 필요로 하지도 않았다. 이미 이성민에게는 답이 내려져 있었으니까.

[미안합니다.]

그래도. 이성민은 취걸에게 그런 전음을 보냈다. 갑작스러운 전음에 취걸이 놀란 표정을 지으며 이성민 쪽을 보았다.

[혈혈노파가 앞에 있습니다. 그녀와 싸웠다가는 시간이 너무 걸릴 수밖에 없어요. ……나는 사저를 구해야 합니다.]

"미안하다고 할 건 없습니다."

전음과 내용에 당황하기는 했지만 취결은 빠르게 상황을 이해했다. 그는 쓰게 웃으면서 이성민을 보았다.

"나 역시 백 소저를 구하고 싶으니까요. 팔이 잘린 나보다는 당신이 가는 게 도움 될 겁니다."

"지금 무슨 말들을 하고 있는 겐가?"

이성민과 취결의 대화에 장득수가 질문했다. 그러다가 장득수도 혈혈노파의 존재를 알아차렸다. 그는 두 눈을 번쩍 뜨면서 공력을 끌어올렸다.

"혈혈노파!"

장득수가 고함을 질렀다. 꼭 그렇게 외칠 필요가 있는 것인가 싶기는 하였지만.

이성민은 다시 앞을 보았다. 멀리 보이던 혈혈노파와의 거리는 더 이상 멀지 않았다. 혈혈노파가 어깨를 들썩거리며 웃는 소리를 냈다.

"끌끌! 개방의 꼬맹이는 팔이 잘렸고…… 무식하면 용감하다더니. 돼지가 큰 소리를 내는구나."

그렇게 중얼거리던 혈혈노파가 이성민을 보았다. 그녀는 이성민의 얼굴을 보고 머리를 갸웃거렸다.

"넌 또 누구냐?"

작은 목소리였지만 공력이 가득 담겨 있어 거리를 격하고 귀청을 때린다.

이성민은 혈혈노파의 질문을 무시했다. 대신에 진기를 끌어올리며 경공의 속도를 높였다.

"혼자서는 위험해!"

장득수가 뒤에서 고함을 지른다.

이성민은 그 고함을 무시했다. 취걸에게는 조금 미안하다는 생각이 들기는 했지만 장득수에게는 그런 감정이 조금도 들지 않았다.

혈혈노파는 빠르게 다가오는 이성민을 보고서 조금 당황했지만 개의치 않고서 주름 가득한 손을 들어 올렸다. 공력이 가득 덮인 혈혈노파의 오른손이 흉흉한 기운을 발했다.

"어린놈이 용감하구나!"

혈혈노파가 고함을 질렀다.

그녀의 일장이 이성민을 향해 뻗어졌다. 정면으로 맞는다면 호신강기가 있다고 해도 피해를 입게 될 것이다.

당연히 정면으로 뚫을 생각은 없었다. 이성민은 위로 도약하여 혈혈노파의 장력을 피해냈다.

"쥐새끼 같은 놈!"

혈혈노파가 이성민이 그리 대응할 것을 몰랐을 리가 없다.

그녀는 이미 준비하고 있던 반대쪽 손을 허공에 뜬 이성민을 향해 뻗었다.

그 순간에 이성민은 허리를 비틀었다. 발판 없는 공중에서 이성민의 몸이 움직인다. 그의 발이 허공을 디뎠을 때, 혈혈노파의 장력이 이성민의 몸을 박살 냈다.

'이형환위!'

잔상이 무너진다. 혈혈노파는 움찔하고서 발을 뒤로 빼냈다.

이성민의 몸이 혈혈노파의 정면으로 육박한다. 혈혈노파는 이성민이 외견과는 다르게 뛰어난 고수라는 것을 깨달았다. 그녀는 두꺼운 호신강기로 몸을 덮었다. 이성민은 그런 혈혈노파를 향해 쥐고 있던 창을 찔렀다.

혈혈노파가 찌르는 창두에 대응하기 위해 손을 뻗는다.

허초다.

혈혈노파의 손이 창두를 걷어내려 할 때, 창두의 궤적이 비틀린다. 조금 더 욕심을 부려 혈혈노파의 틈을 찔러볼까 했지만 그녀의 왼손은 허초에 대한 대응을 끝내고 실행하고 있었다. 혈혈노파의 왼손이 이성민의 몸을 잡으려 들었다.

이성민은 창을 잡고 있던 오른손을 놓고서 혈혈노파를 향해 마주 손을 뻗었다.

'혈혈노파는 수공의 고수다. 맨손으로 상대해서는 안 돼.'

그를 앎에도 손을 뻗는다. 이성민의 오른손이 자색으로 물들었다.

쩌어엉!

혈혈노파와 이성민의 손이 부딪혀 폭음이 터졌다. 혈혈노파는 손에서 느껴지는 저항감에 눈을 크게 떴다.

'어린놈의 공력이 무슨……!'

예상외의 묵직함에 놀라기는 했지만 혈혈노파는 주눅 들지 않았다. 이성민이 의도한 것도 혈혈노파가 당황하는 것뿐이었다.

본격적으로 그녀가 수공을 펼치려 하자 이성민은 주저하지 않고 그녀의 공격을 피해 땅으로 몸을 날렸다.

"나려타곤! 이놈! 무인이라는 놈이!"

땅을 뒹구는 이성민을 보며 혈혈노파가 노호성을 터뜨린다.

그러든지 말든지.

데굴데굴 바닥을 구른 이성민은 자세를 추스른 즉시 앞으로 뛰었다.

그제야 혈혈노파는 이성민이 맞서 싸우는 것보다는 단순히 앞으로 나가는 것을 노렸다는 것을 깨달았다.

"놈!"

혈혈노파가 이성민의 등을 향해 일장을 날리려 들었다. 그전에 취걸이 혈혈노파를 향해 항룡십팔장을 날렸다. 혈혈노파는 급히 손의 방향을 틀어 취걸의 장력에 대응했다.

"뭐, 뭐야? 어딜 가는 거야?"

장득수가 당황하여 외친다. 이성민은 그 외침을 뒤로하고서 계속해서 앞으로 뛰었다. 미니맵을 본다. 이 앞에는 아무도 없다. 계속해서 앞으로 나아간다면 끝의 광장에 도착하게 될 것이다.

하지만 그래서는 안 되었다. 끝에 도착한다면 보스 몬스터가 출현할 것이다.

'이 벽, 뚫을 수 있을까?'

혈혈노파와의 거리를 벌리고 나서 이성민은 걸음을 멈추었다. 그는 벽을 보면서 루비아에게 물었다.

[글쎄요……. 해봐야 알지 않을까요?]

루비아도 만능은 아니었다. 그녀의 대답에 이성민은 양손으로 창을 잡았다. 자하신공이 운용되며 이성민의 창이 자색으로 휘감겼다.

'다른 길로 들어가야 해.'

백소고가 위지호연과, 혹은 그녀의 도플갱어와 만나기 전에 그녀와 만나야 했다.

3장
재회(1)

위치를 잡는다. 벽이 얼마나 두꺼운지 알 수 없었지만 끝에
도착하는 것보다는 낫다.

이성민은 시야 한쪽에 떠 있는 미니맵을 바라보았다.

끝으로 이어지는 길은 총 네 개. 현재 이성민이 있는 길에
있는 것은 취걸과 장득수, 혈혈노파다. 이성민은 다른 길 네
개를 응시했다.

네 개의 길 중 두 개는 노란 점과 붉은 점이 공존해 있었다.
그리고 다른 길에는 하나는 노란 점 두 개가 있었고, 마지막
으로 남은 길에는 붉은 점만이 있었다. 이성민은 붉은 점만이
남은 길을 노려보았다.

'누구지?'

누구의 도플갱어인가.

길 하나에 도플갱어만 남아 있는 것이라면 저 길에 있던 다른 사람들은 모두 도플갱어에게 살해되었다는 뜻일 터.

'위지호연인가?'

어쩌면 백소고는 이미 죽은 것이 아닐까. 그런 불길한 예감이 엄습해 온다.

이성민은 아랫입술을 뿌득 씹으면서 불길함을 삼켰다.

다른 길을 본다. 사람만 세 명 있는 길. 사람과 도플갱어가 함께 있는 길이 하나, 도플갱어 둘이 있는 길이 하나.

도플갱어만 있는 길은 일단 제외한다. 어느 쪽을 선택해야 할까. 현재 이성민이 위치해 있는 길에서 갈 수 있는 것은 오른쪽과 왼쪽. 그중 왼쪽에는 사람과 도플갱어가 있었고 오른쪽에는 사람이 셋 있었다.

미니맵을 보던 이성민의 눈썹이 움찔 떨렸다. 노란 점 세 개가 서로에게 다가가고 있었다.

어떻게 해야 할까.

최악의 경우는 이것이다.

저 노란 점 세 개가 위지호연이 아닌, 위지호연의 추종자들이라는 것.

위지호연 본인이라면 크게 문제는 안 된다. 위지호연도 이성민을 기억하고 있을 테니까.

하지만 그녀를 추종하는 마인들이라면?

그들이 이성민을 내버려 둘 것 같지는 않았다.

'위지호연의 이름을 팔아도 믿어줄 것 같지도 않고.'

노란 점들 간의 거리가 가깝다. 곧 있으면 조우할 것이다. 아니면 이미 서로를 포착했을지도 모른다.

이성민은 왼쪽 길을 힐긋 보았다. 도플갱어와 사람의 거리는 꽤 떨어져 있다.

"제기랄."

이성민은 강기를 두른 창을 오른쪽 벽으로 향했다. 정말 최악의 경우라서, 이 벽 너머에 마두 둘. 독고귀검과 마랑철권이 있을지도 모른다. 어쩌면 위지호연과 백소고가 있을지도 모르고, 극천도나 무쌍괴협이 있을지도 모른다.

확실한 것은 없다. 해봐야 안다.

창 전체를 휘감고 있던 강기가 창두 끝으로 모인다. 날이 선 부분에 응집된 강기가 작게, 작게 응축되었다.

[호오.]

그것을 보고서 허주가 놀란 소리를 내었다. 이성민이 제법 뛰어난 실력을 가진 고수라는 것은 알았으나, 설마 이렇게까지 강기의 조율이 능숙하다는 것은 알지 못했기 때문이다.

[도달한 무공의 경지로는 불가능한데. 어떻게 할 수 있는 거냐?]

"예전에 해봤거든."

이성민은 창끝을 노려보면서 대답했다.

이성민이 도달한 무공의 경지. 상태창으로 보이는 무공의 경지만 본다면 이렇게까지 강기를 조율하는 것은 불가능하다.

실제적으로 이성민의 무공 수위는 자하신공과 구천무극창, 무영탈혼이 모두 8성이었다.

하지만 그런 것과는 다르게 이성민은 이미 그보다 훨씬 앞선 경지에 도달한 기억이 있었다.

기묘한 일이었다.

머리가 기억하고 있는데, 육체와 익힌 무공이 그것을 완전히 펼칠 수 없다. 지금 이 순간에도 마찬가지였다. 본래라면 불가능한 것을 하고 있기 때문에 내공 소모가 크다.

하지만 해낸다.

단전에 공허감이 들기는 했지만 이성민은 개의치 않았다. 이성민은 창을 잡은 손에 계속해서 힘을 불어넣었고 내공을 쏟아부었다. 루비아가 혀를 내둘렀고 허주는 침묵했다.

창끝에 응집된 강기는 진한 자색이었다.

'정신세계랑은 확실히 다르군.'

그때는 이것보다 빠르고 편했는데.

이성민은 쓴웃음을 지었다. 그것뿐이었다. 이성민은 붉은색 살덩이로 이루어진 벽을 향해 창을 내질렀다.

[재밌는 놈이군.]

이성민의 창이 벽을 터뜨렸을 때, 허주가 껄껄 웃으면서 말했다.

이성민은 숨을 몰아쉬면서 뚫은 벽을 걸어 들어갔다. 내공이 크게 빠져나간 덕에 아찔한 현기증이 느껴졌다.

다리에 힘이 잘 들어가지 않는다. 이성민은 떨리는 다리를 잡고 있다가 아랫입술을 잘근 씹었다.

'어쩔 수 없군.'

이성민은 우선 아공간 포켓에서 포션을 꺼냈다. 그리고 그것을 단숨에 들이켰다. 그것만으로 몸의 피로는 조금 가셨지만 포션이 소모된 내공까지 회복시켜 주지는 않았다. 내공을 회복하기 위해서는 운기조식을 해야 하는데 그럴 시간은 없다.

이성민은 아공간 포켓에서 대환단을 꺼냈다. 그는 대환단을 반으로 쪼개고서 입안에 넣었다. 그러자 입에 넣은 대환단의 반쪽이 바로 녹아 목으로 넘어간다.

본래 영약을 복용한다면 운기조식을 하며 내공을 취해야 하지만 검은 심장을 가진 이성민은 그런 과정을 거칠 필요가 없다.

복용한 대환단 반쪽의 내공이 바로 이성민의 단전에 쌓였다.

"후우!"

이렇게 사용하기 위해 대환단과 마정석을 복용하지 않고

둔 것이다.

주화입마의 위험성이 걱정되기도 했지만 급할 때 내공을 바로 회복하기 위함도 있었다.

비었던 단전이 가득 찬다.

확실히 대환단은 소림 최고의 영약답게 반쪽만으로도 이성민이 소모한 내공을 대부분 회복시켜 주었다.

'주화입마는 없군. 허주의 말이 맞을지도 몰라.'

완전히 신뢰하지는 않지만.

이성민은 내공이 회복된 것을 확인하고서 바로 앞으로 달려 나갔다.

노란 점 두 개는 같은 위치에 있었고, 지금 이성민이 있는 곳과는 그리 멀지 않았다.

얼마나 달렸을까.

교전하고 있는 둘이 보인다.

그 뒷모습을 보았을 때. 이성민의 가슴이 쿵쿵거리며 뛴다.

새하얀 무복과 회색 머리카락. 이성민은 그녀의 모습을 알고 있었다.

백소고다.

백소고를 공격하고 있는 것은 검은 무복을 입은 거한이었다. 덩치만을 보자면 장득수보다 크다. 검을 휘두르지 않고 맨주먹을 사용하는데, 그 강맹한 공격은 직접 당하지 않고 보는 것뿐인데도 가슴을 졸이게 할 정도로 위협적이었다.

'주먹. 마랑철권인가?'

백소고와 마랑철권은 무기를 사용하지 않고 맨몸으로 무투를 벌인다는 점에서는 같았다.

하지만 둘의 공격법은 판이하게 달랐다.

백소고가 무영탈혼을 기본으로 하여 쾌와 환을 중점으로 쉴 틈 없이 몰아친다면 마랑철권은 느리고 묵직했다.

둘 중 누가 우세하다고 판단하기에는 이른 듯했지만 이성민이 보기에는 백소고가 조금 우세한가 싶었다.

하지만 그렇다고 해서 백소고의 상황이 좋은 것은 아니다.

그와 조금 떨어진 곳에서 빼빼 마른 남자가 팔짱을 끼고 서 있었다. 그는 다가오는 이성민을 보고서 눈을 가늘게 떴다.

독고귀검이다.

독고귀검 외에 다른 누군가를 떠올릴 수는 없었다. 극천도나 무쌍괴협이 어떻게 생겼는지는 모르겠지만, 그들이 백소고를 공격할 이유는 없다. 실제로 서 있는 남자의 허리춤에는 기다란 검이 걸려 있었다.

경공을 펼치는 이성민의 다리에 힘이 들어갔다.

아까까지만 해도 운이 좋았지만, 지금은 아니었다. 설마 이 길에서 독고귀검과 마랑철권과 마주치게 될 줄은 몰랐다.

그나마 아주 불운하다고 할 수 없는 것은 마랑철권과 독고귀검이 합공하지 않았다는 점이었다.

그렇게 된 것은 마랑철권이 강짜를 부렸기 때문이다. 서로가 무기를 쓰지 않고 맨몸 무투에 일가견이 있으니 마랑철권이 직접 나서서 한번 겨뤄보고 싶다고 승부를 걸어왔다.

'여기서 내가 이긴다고 해도⋯⋯.'

백소고는 아랫입술을 잘근 씹었다.

마랑철권은 뛰어난 고수였지만 백소고는 그 마랑철권보다 반 수 정도 뛰어났다. 쉽게 쓰러뜨릴 수는 없지만 큰 변수가 일어나지 않는 한 백소고는 마랑철권과의 싸움에서 승리를 거둘 수 있을 것이다.

문제는 독고귀검이다.

독고귀검은 위지호연을 따르는 추종자 중에서 가장 뛰어나다고 평가받는 고수였다. 만전의 상태라면 모를까, 마랑철권을 쓰러뜨린 후에 독고귀검과 싸우게 된다면 백소고가 살아남을 가능성은 한없이 적었다.

'마랑철권을 제압하고서 그의 목숨을 가지고 협박한다면⋯⋯ 아니, 이게 가능할 리가 없지. 독고귀검이 마랑철권의 목숨을 신경 쓸 리 없고.'

그렇다고 해서 포기할 수는 없다.

백소고는 아직 죽을 수 없었다.

그녀는 이를 악물고서 마랑철권을 압박했다. 뒤로 조금씩 밀려나는 마랑철권의 얼굴이 일그러진다. 독고귀검의 미묘한 웃음을 뒤로하고 앞으로 나섰는데, 이렇게 망신을 당하게 되니 열불이 끓었다.

"계집년이······!"

노한 목소리로 씹어 뱉어보지만 마랑철권은 백소고의 공격을 받아내는 것이 고작이었다.

그러던 중에.

쿠우우웅!

커다란 소리가 났다. 독고귀검이 반응했고 백소고의 어깨도 흠칫 떨렸다. 그로 인해 자그마한 틈이 만들어지기는 했지만, 소리에 놀란 것은 마랑철권도 마찬가지라 백소고가 보인 틈을 기회로 바꿀 수는 없었다.

"누군가가 오는군."

독고귀검이 중얼거렸다.

그것은 마랑철권도, 백소고도 느꼈다. 누군가가 고속으로 접근하고 있다.

누구지?

백소고의 눈동자가 작게 흔들렸다. 그녀에게 있어서 진정한 최악은 다가오는 것이 혈혈노파거나······ 위지호연일 때였다. 만약 그렇게 된다면 기적이라도 일어나지 않는 한 백소고가 살아남을 가능성은 없을 것이다.

"저놈은 뭐야?"

백소고는 뒤를 볼 수가 없다. 하지만 독고귀검은 아니었다. 마랑철권은 백소고에게 집중하느라 다가오는 것이 누군지 볼 수가 없었다.

"무림맹 놈들 중에 창을 쓰는 녀석이 있었나?"

독고귀검은 그렇게 중얼거리면서 검을 뽑았다.

창.

없다.

취결과 무쌍괴협은 무투파고, 장득수는 도끼를 쓰며, 극천도는 도를 사용한다.

창…… 창.

백소고의 기억 저편에서 누군가가 떠올랐다.

한 명. 창을 쓰는 무인을 알고 있었다.

"보기에는 어려 보이는데…… 뭐 하는 놈인지 모르겠군."

독고귀검은 그렇게 중얼거리며 앞으로 향했다. 다가오는 것이 누구인지는 모르겠으나, 그는 저 누군지 모를 놈에게 흥미가 동했다.

백소고는 뒤를 돌아보고 싶다는 충동을 느꼈다. 하지만 그럴 수는 없었다.

"먼저 죽일까?"

"필요 없다!"

독고귀검이 마랑철권에게 물었고, 마랑철권이 거친 목소리로 대답했다. 그 대답에 독고귀검이 큭큭거리며 웃었다.

그러던 중에.

까아앙!

섬광처럼 쏘아진 찌르기가 독고귀검의 검과 부딪힌다. 독고귀검의 자세는 조금도 무너지지 않았다. 그는 그 자리에 굳건히 서서 속도가 실린 찌르기를 받아냈다.

여유로운 웃음을 짓고 있던 독고귀검의 눈이 가늘어졌다. 그는 지금의 일격을 통해, 상대가 범상치 않은 실력을 가진 고수라는 것을 알았다.

"누구냐?"

독고귀검이 묻는다.

백소고는 마랑철권의 공격에 몇 걸음 뒤로 물러섰다. 갑작스러운 제삼자의 난입에 마랑철권도 바로 백소고에게 달려들지는 않았다.

그는 숨을 몰아쉬면서 독고귀검을 공격한 남자를 보았다.

이성민을.

백소고는 두 눈을 크게 뜨고서 이성민의 등을 보았다. 1년 전에 보았던 등이다. 그때와 비교해서 겉모습의 큰 차이는 없다.

그런데 왜일까.

왜 저 등이, 1년 전과 비교해서 크게 성장하지 않은 등이 더 커 보이는 것일까.

이성민은 뒤를 돌아보지 않았다. 사실은 보고 싶었다. 뒤를 돌아서 백소고에게, 사저에게 인사하고 싶었다.

오랜만이라고, 잘 지냈느냐고.

그렇게 말하고 싶었다. 하지만 그것을 할 수는 없었다. 바로 앞에는 독고귀검과 마랑철권이 있다. 이성민이 틈을 보인다면 독고귀검은 그 틈을 놓치지 않고 공격을 가할 것이다.

"사저."

창을 든다. 양손이 저릿했다. 속도를 실어 충돌했으나 독고귀검은 이성민의 공격을 무리 없이 받아냈다.

비록 독고귀검의 도플갱어가 취걸에게 쓰러졌다고는 해도, 독고귀검의 실력이 취걸보다 못한 것은 아니었다.

이성민이 느끼는 독고귀검의 강함은 그가 여태까지 보았던 모든 무인을 통틀어서 가장 강했다. 만월 아래의 검귀도 독고귀검과 비교한다면 몇 수 떨어져 보였다.

"오랜만입니다."

백소고의 얼굴을 보지 않는다.

이성민은 독고귀검을 노려보았다. 그러면서 천천히 말했다. 그 말을 들은 백소고의 어깨가 가늘게 떨린다.

1년이다. 고작해야 1년.

1년 전과 비교해서 백소고는 분명히 강해졌다. 하지만 이미 경지에 오른 백소고의 실력은 1년이라는 시간이 주어졌다고는 하나 크게 발전하지는 않았다.

그런데 이성민은 어떤가.

백소고는 믿을 수가 없었다. 1년 전에 보았던 사제의 강함은 저 정도가 아니었다. 이성민은 그때도 초절정에 근접해 있기는 했지만, 어딘가 불안정하다는 느낌이 강했다.

하지만 지금은?

지금의 이성민은 백소고도 놀랄 정도로 강해져 있었다.

"……사…… 사제?"

왜 네가 이곳에 있는 거지?

백소고는 그를 묻고 싶었으나, 지금 상황이 그런 질문을 나누기에는 적합하지 않다는 것을 알기에 침묵했다.

독고귀검은 백소고와 이성민을 보면서 웃음을 흘렸다.

"묵섬광에게 사제가 있었나? 그건 처음 듣는군."

독고귀검의 검에 시뻘건 검기가 솟구친다. 이성민은 양손으로 창을 잡고서 호흡을 골랐다.

위지호연의 지인이라고 말해봤자 믿어주지 않겠지. 그렇다면 백소고를 데리고서 싸움을 피해 도주할까.

저들이 그럴 틈을 줄 것 같지는 않았다.

그렇다면 할 수 있을까.

상대는 독고귀검. 한 번도 싸워본 적 없는 상대다. 뛰어난 검수가 얼마나 상대하기 까다로운지는 이미 몇 번이나 경험해 보았다.

이성민은 본능적으로 알았다. 눈앞에 있는 독고귀검은 지금의 자신보다 강하다는 것을.

할 수 있을까?

다시 떠오른 의문에 이성민은 걸음을 앞으로 뻗는 것으로 대답을 대신했다.

해야만 한다고.

기묘한 놈이다.

독고귀검은 '놈'의 눈을 보면서 생각했다. 반로환동이라도 한 것이 아닐까 싶을 정도로 '깊었다'. 그런 주제에 처음 맞부딪쳤던 공격은 그리 무겁지 않았다.

물론 그렇다고 해서 놈이 약하다는 말은 아니다. 적어도 놈이 보인 일격의 무게는 마랑철권 이상이었다.

'묵섬광에게 저런 사제가 있었을 줄이야.'

아직 전부를 알 수는 없지만. 느끼기에는 묵섬광과 동등하거나 반 수 정도 앞설지도.

하지만 그 정도로는 부족하다. 갑작스레 난입하기는 했지만 놈의 실력은 이 상황을 완전히 뒤집을 만큼 강하지 못하다.

독고귀검은 이를 보이며 웃었다. 독고귀검의 애검이 끼이이, 끼이이 하며 소리를 낸다. 그것은 죽어가는 아이의 신음 섞인 울음처럼 들렸다.

이성민은 독고귀검을 보았다. 무공의 고하만 두고 견준다면 이성민의 무공은 아직 독고귀검에게 견줄 수 없다.

그래도 물러설 수가 없기에, 그는 창을 쥐었다. 눈을 한 번 감았다가 뜨고 호흡을 고른다. 단전의 내공은 부족함이 없다. 마음속에도 미혹은 없다. 결의만이 있을 뿐.

'묘해.'

독고귀검이 자세를 갖춘다.

'쉬워야 하는데…… 왜 쉬울 것 같지가 않지?'

저 끝 모를 눈동자가 그럼 예감을 준다.

기다리지 않았다. 서로가 서로에게 덤벼들었다.

이성민은 무영탈혼을 숨기지 않았다. 일보무흔이 이성민의 육체를 있던 자리에서 지워 버리고 앞으로 달리게 만들었다.

독고귀검은 반걸음 앞으로 나아가면서 검을 옆으로 뉘여 베었다. 길게 찌른 창을 검이 받아낸다.

부딪히는 소리는 없다. 서로가 허초다. 찌른 창은 직선에서 위로 솟구친다. 독고귀검 역시 옆으로 베었던 검을 상체의 각도를 틀면서 아래로 내려 버렸다.

쩌어엉!

이번에는 확실히 부딪힌다. 뒤를 보지 않고 몸 전체를 휘두르며 전력을 다한 공격이었다.

양손이 저릿하다.

이성민은 무릎에 힘을 반쯤 풀었다. 힘에 밀려 뒤로 물러서는 것 같은 모양새. 실상은 일곱 걸음이나 물러선다.

독고귀검은 먹이를 놓치지 않는 광견 같았다.

기억해라. 취걸이 했던 말을, 취걸이 입은 상처를, 잘린 취걸의 팔이 어찌 되었는지를.

한 번으로 보이는 참격, 그 안에 있는 수십 개의 검기. 베이는 것은 한 번이 아니다. 스치기만 해도 잘려 나갈 것이다.

창을 쏜다. 거리를 유지하여 견제하듯이.

독고귀검의 눈동자가 빠르게 움직였다. 그는 연이어 쏟아지는 창 중에서 허와 실을 구분했다.

'모두가 살초로군. 젊어 혈기가 넘치는 것 같으면서도……후후! 묘한 놈이야.'

독고귀검은 씰룩거리는 입술을 붙잡았다. 아직 웃어서는 안 된다. 파직거리며 쏟아진 검기가 창을 걷어낸다.

'공격 일변인 것 같으면서도 신중해. 물러설 때와 물러서지 말아야 할 때를 알아. 과연…… 지금은 네가 유리한 거리지.'

적극적으로 공격하지 않을 이유가 없다. 검수의 접근을 허용하고 싶지 않을 테니까.

반걸음.

독고귀검이 나아간 걸음이다. 독고귀검의 몸을 덮고 있던 호신강기가 크게 부풀었다.

육감이 경고를 발한 것은 짧았고, 이성민의 몸은 곧바로 그에 대응했다.

본격적으로 구천무극창이 펼쳐졌다. 낭창거리는 창영이 붉은 파도처럼, 날카로운 창두가 그 사이를 꿰뚫는다.

경고로 느낀 공격은 예리했다. 군더더기 없는 살검이 창두와 격돌한다.

'아니야.'

격돌이 아니다. 타고 올라온다.

독고귀검은 늑대가 아니라 뱀이었다. 그의 검이, 검을 쥔 손이 창간을 타고 오르며 목을 노린다.

이성민의 걸음이 변화했다. 뒤로 물러서는 대신에 앞으로.

일보무흔(一步無痕).

파악!

독고귀검의 검이 잔상을 베었다. 잔상은 수십 조각으로 나뉘어 흩어졌다. 옆구리에서 느껴지는 공격의 예감에 독고귀검은 몸을 비틀었다.

어느새 옆으로 간 것인지. 이형환위만큼은 인정해 줄 수밖에 없나.

빙글 몸을 회전시키며 독고귀검은 검을 뿌렸다. 수십 개의 검기가 덮쳐 올 때, 이성민은 팔을 뒤로 빼냈다.

숫자에는 숫자로.

수십 개의 검기에 맞서 수십 개의 창을 쏜다. 연이어 터지는 폭음 속에서 독고귀검이 참지 못하고 웃음을 터뜨렸다. 스스로의 웃음을 베어내듯이 독고귀검은 일검을 뿌린다.

이성민은 창을 빙글 돌렸다.

까아앙!

란의 수법으로 검을 걷어낸다. 즉시 이성민은 걸음을 앞으로 밀어냈다.

한 걸음, 두 걸음.

그렇게 이보겁살이 시작된다.

살기와 강기가 뒤엉켜 독고귀검을 향해 폭사했다. 독고귀검은 오른손에 있던 검을 왼손으로 던졌다. 허공에서 낚아챈 검이 칼부림을 만든다. 가닥가닥 끊어진 강기가 공중에서 흩어진다.

'없어?'

그 너머에서 독고귀검은 창을 놓쳤다. 아래에서 위로 창이 솟구친다.

복사백탐이다.

검귀를 놀라게 한 초식이었지만 독고귀검은 당황하지 않는다. 그는 물러서는 대신 검을 휘둘렀다.

한 번의 참격에 수십 개의 검기를 담는 것이 독고귀검의 검법이다. 그는 이성민이 보았던 모든 검수 중에서 가장 뛰어난 쾌검의 소유자였다.

복사백탐이 막힌다.

그를 확인한 즉시 이성민은 걸음을 옆으로 밀었다.

일보무영(一步舞影).

수십 개로 분영한 이성민이 독고귀검을 둘러싸고 창을 내지른다.

"하하하!"

독고귀검이 크게 웃었다. 독고귀검은 몸을 크게 회전하며 검을 휘둘렀다. 사방을 휩쓴 검강이 일보분영의 잔상을 거꾸러뜨렸다.

'눈'으로 보이는 수준과는 다르다고.

독고귀검은 이성민에 대한 첫인상을 대폭 수정했다. 놈의 창은 까다롭고 예리했으며 걸음은 눈을 어지럽힌다.

'몇 살인지 궁금하군.'

펼치는 무공만 본다면 긴 시간 무공을 다듬은 노고수와 다를 것이 없는데. 젊은 창수 중에 이 정도로 뛰어난 실력을 가진 놈이 있었단 말인가? 있었다면 소문이 나지 않았을 리가 없는데.

'조금 더 싸워보고 싶은데. 시간을 더 끌어서는 안 되겠어.'

마랑철권이 문제다. 백소고와 다시 뒤엉켜 싸우던 마랑철권은 더 이상 물러서지 못하고 백소고에게 시달리고 있었다.

머지않아 결판이 날 것이다.

그를 두고 볼 수는 없는 노릇이다. 마랑철권이 죽고서 백소고와 이성민이 합공한다면 독고귀검도 버틸 수 없을 터이니.

'이런 즐거운 싸움은 흔하지 않지만. 어쩔 수 없⋯⋯.'

독고귀검의 생각이 끊어졌다.

그렇게 된 것은 순식간이었다. 독고귀검의 바로 옆에 있던 살덩이의 벽이 찢어지고, 그 안에서 쏟아진 시커먼 급류가 독고귀검의 몸을 덮쳤다.

설마 이런 공격은 상상도 하지 못했기에 독고귀검은 방어도 하지 못했다.

사실 방어가 없던 것은 아니었다. 독고귀검의 호신강기는 건재하여 그의 몸을 보호하고 있었다.

다만, 문제라고 할 것은 독고귀검의 호신강기가 그 공격을 막아낼 정도로 견고하지 못했다는 것뿐이었다.

벽을 찢어놓았음에도 공격의 위력은 조금도 줄지 않았다.
상반신의 반쪽이 날아간 독고귀검은 비명조차 지르지 못했다.

다만, 피를 뿌리며 하늘을 날면서 독고귀검은 흐릿해져 가
는 정신을 놓기 전에 생각했다.

'흑룡포……? 소천마? 어째서…….'

콰당탕!

독고귀검의 몸이 바닥을 뒹굴었다.

이성민은 멍하니 그런 독고귀검을 보았다. 움찔거리는 독
고귀검은 회생이 불가할 정도의 치명상을 입었다.

백소고와 마랑철권의 싸움이 멈춘다. 마랑철권은 창백하게
질린 얼굴로 독고귀검을 내려 보았다. 움찔거리던 독고귀검
의 몸이 완전히 정지했다.

독고귀검이 죽었다.

"……소천마…….”

마랑철권이 더듬거리며 중얼거린다. 백소고의 입이 반쯤
벌어졌다. 이성민은 멍한 얼굴로 독고귀검의 시체를 내려다
보았다.

방금 전까지 사나운 쾌검을 날려대던 독고귀검은 더 이상 없
었다. 남은 것은 상체의 절반이 으깨진 처참한 시체뿐이었다.

뻣뻣한 목을 움직인다.

이성민은 고개를 돌렸다.

독고귀검을 죽인 것은 흐느적거리는 검은 천이었다. 이성민은 저것을 본 적이 있었다. 두 눈으로 직접 본 것은 아니다. 에레브리사에서 구입한 정보에서 이성민은 저것을 본 적이 있었다.

그녀는 자신이 찢은 벽의 틈 안으로 걸어 들어왔다. 독고귀검의 시체를 한 번 힐긋거릴 뿐 아무 말도 하지 않았다. 그 무감정한 눈을 통해 이성민은 그녀가 '진짜' 위지호연이 아닌, 그녀의 도플갱어라는 사실을 깨달았다.

도플갱어는 손에 쥐고 있던 누군가의 머리를 내려놓았다. 이성민은 그 머리가 누구의 것인지 알아보았다. 아까 전에 보았던 혈혈노파의 머리였다.

하지만 피가 흐르지 않는 것을 보아 저 머리는 혈혈노파 본인의 머리가 아닌 도플갱어의 머리였다. 도플갱어 둘이 같이 있던 길. 그 길에 있었던 것이 위지호연의 도플갱어와 혈혈노파의 도플갱어였던 모양이다.

"소천마…… 어째서……!"

마랑철권이 더듬거리며 외쳤다. 그는 아직 저것이 위지호연 본인이 아닌 그녀의 도플갱어라는 것을 알지 못한 모양이었다.

하지만 이성민과 백소고는 저것이 도플갱어라는 것을 알았기에 몇 걸음 뒤로 물러설 수밖에 없었다.

차라리 위지호연 본인이었다면 상황이 더욱 나았을 것이다. 어떻게든 대화로 풀어갈 수 있었을지도 모르니까.

하지만 상대는 대화가 통하지 않는 도플갱어다. 비록 도플갱어의 힘이 본인과 비교하면 아주 똑같지는 않다고는 해도 위지호연의 도플갱어라면 이야기가 다르다. 본래부터 압도적으로 강한 위지호연이니 그녀의 도플갱어조차도 초월적인 강함을 가지고 있을 것이다. 그것은 독고귀검의 죽음이 증명하고 있다. 그 독고귀검이…… 아마, 이 던전에서 위지호연을 제외한다면 가장 강할 독고귀검이 눈먼 공격에 대응하지 못하고 휘말려 죽지 않았나.

"……사제."

백소고가 떨리는 목소리로 이성민을 불렀다.

이성민은 위지호연의 도플갱어를 노려보면서 아랫입술을 씹었다. 이상하다는 생각은 했다.

네 개의 길에 골고루 사람들이 나뉘어 있었는데, 위지호연 본인만 빼고 다 죽었다니.

아마 전생에도 이런 식으로 도플갱어가 벽을 뚫고 다니며 보이는 모든 이를 죽였던 모양이다.

'그러다가 위지호연 본인이 자신의 도플갱어를 죽였겠지.'

그리고 던전 밖으로 나가 말했으리라. 자신이 모두 죽였다고.

아주 틀린 말은 아니었다. 위지호연 본인이 다른 사람을 죽이지 않았다고는 하여도, 그녀의 도플갱어가 그렇게 행동했다면 결국 위지호연이 던전의 모두를 몰살한 것과 다를 것이 없기 때문이다.

"소천마!"

마랑철권이 거친 목소리로 고함을 질렀다.

"대체, 대체 무슨 짓을 하는 것이오?! 어째서 독고귀검을……! 그리고 그 머리는 혈혈노파의 것이 아닌가!"

마랑철권은 도플갱어에 대해 모르고 있다. 이곳까지 오면서 도플갱어와 마주친 적이 없기 때문이다. 그렇기에 그는 위지호연의 도플갱어를 향해 진심으로 노성을 터뜨렸다.

"당신이 우리를 수하로 거두지 않는다 하였어도, 우리는 그대를 주군으로 여겼소. 언젠가 당신이 천하에 군림하게 되었을 때…… 마인인 당신이 이룬 군림천하를 보고 싶었소. 단지 그뿐이었소……!"

마랑철권이 씹듯이 내뱉었다. 그는 두 눈에 살기를 가득 담고서 저벅거리며 앞으로 나아갔다. 백소고와 싸웠을 때 이상의 강렬한 투기를 발하며 도플갱어에게 외쳤다.

"한데 어째서……! 당신이 인정하지 않았어도 독고귀검은 당신을 진심으로 따랐단 말이오!"

위지호연은, 도플갱어는 대답하지 않는다. 단지 무감정한 눈으로 마랑철권을 볼 뿐이었다.

그 눈을 보고서 마랑철권은 더 이상 참지 못했다. 그는 고함을 지르면서 도플갱어에게 뛰어들었다.

마랑철권은 자신이 어떤 결말을 맞게 될 것인지 알고 있었다. 위지호연의 괴물 같은 강함을, 그녀를 추종하며 따라온 마랑철권이 모를 리 없었다.

그럼에도 그렇게 할 수밖에 없었다. 죽게 될 것임을 알아도 위지호연을 공격하지 않고서는 배길 수가 없었다. 그리고 마랑철권은 그 자신이 상상했던 결말을 맞이했다.

흑룡포가 폭사했고, 마랑철권의 몸이 고깃덩이가 되었다.

후두둑 떨어지는 피와 살점을 보면서 이성민은 닫고 있던 입을 열었다.

"사저."

"으…… 응?"

"도망치십시오."

그것을 위해 이곳에 왔기 때문에, 이성민은 그렇게 내뱉었다.

"잠깐…… 사제, 대체 무슨……!"

"둘이 덤빈다고 하여 저 괴물을 어찌할 수는 없을 겁니다. 사저도 알고 있지 않습니까."

이성민은 위지호연의 모습을 한 도플갱어를 '괴물'이라고 칭하는 것에 망설이지 않았다.

저것은 위지호연이 아니다. 위지호연의 모습을 가지고 있으면서 그녀의 강함만을 흉내 내고 있을 뿐이다. 그렇기에 단순한 괴물이다. 위지호연이 가진 강함은 괴물이라는 말로는 부족하겠지만.

"하지만…… 사제, 왜 도망치라고 하는 거야? 차라리 함께 싸우는 편이 생존 가능성이 커……!"

"가능성에 대해 논하고 싶으시다면."

이성민은 양손으로 잡은 창을 천천히 들었다.

알고 있었다. 백소고를 설득할 수 없다는 것을. 무슨 말을 하여도 백소고는 혼자 도망치지 않는다. 이성민이 이곳에 있으니까.

이곳에 있는 것이 사제인 이성민이 아니라 다른 사람이었어도 백소고는 도망치지 않을 것이다. 그녀가 본인의 행동에 변명처럼 덧붙이던 '착한 사람'이라는 말 때문에.

"뒤쪽에 제가 만들어 놓은 구멍이 있습니다."

위지호연의 도플갱어는 두 눈을 멀뚱거리며 뜰 뿐 아직 움직이지 않고 있었다. 도플갱어에게 이성이나 대화 욕구가 있다는 생각은 할 수 없었지만 이성민은 저 괴물이 다짜고짜 공격하지 않는 것을 다행이라고 생각했다.

"그 너머에 취걸과 장득수 님이 있을 겁니다. 그분들을 데리고 와주십시오."

"하지만 사제는······!"

"도주한다면 쫓아올 겁니다. 저희가 아무리 빨라도 저 괴물이 더 빠르겠지요."

백소고는 그 말에 반박하지 못했다. 무영탈혼은 쾌와 환의 극의를 바라보는 보법이며 체술이고 신법이다.

하지만 위지호연의 도플갱어가 보여준 일수는 압도적이었다. 저런 힘을 가진 괴물이 느릴 거란 생각은 들지 않는다. 도망치면 쫓아올 것이고······ 잡힐 것이다.

"사저가 저보다 빠릅니다."

이성민은 자하신공을 끌어올렸다.

"그리고, 저는 사저보다 저 괴물을 상대로 조금 더 오래 버틸 수 있을 겁니다."

"그러다가 죽으면······!"

"죽고 싶은 사람이 어디에 있겠습니까? 사저에게 달린 겁니다. 제가 죽게 될 것인지, 말 것인지."

그런 식으로 책임감을 강요한다.

백소고가 반박하기 위해 입을 열었을 때 이성민은 더 이상 백소고의 말을 듣지 않았다.

그는 무영탈혼의 걸음을 밟으면서 앞으로 뛰어나갔다.

우두커니 서 있던 위지호연의 도플갱어가 반응한다. 어깨 언저리에서 흔들리던 흑룡포가 부풀더니 이성민을 휘둘러 치려 들었다.

말이 '휘둘러 치다'지, 그 일격에 담긴 위력은 호신강기를 찢고 육체를 으깨놓을 정도의 거력이었다.

이성민은 이를 악물고서 호신강기를 전력으로 펼쳤다. 그와 함께 구천무극창을 펼치며 흑룡포의 공격에 대응했다.

꽈아아앙!

부딪친 것만으로도 양팔이 박살 나는 것 같은 느낌이 왔다. 단순한 느낌일 뿐이다.

'버텨…… 냈어……!'

등 뒤에서 백소고가 땅을 박차는 소리가 들렸다. 기척이 멀어진다. 그녀도 이해한 것이다.

둘이 함께 싸운다고 해봐야 시간을 조금 더 끌 수 있을 뿐. 결국에는 사이좋게 몰살이라는 것은 피할 수 없다. 그러니 조력자를 데리고 오는 것이 생존 가능성이 늘 것이라 생각한 것이다.

'그리 오래 걸리지는 않아. 내가 찢은 구멍까지 가서 이곳으로 돌아오는 것에 길어 봐야 5분이다.'

단순 걸음과 뜀박질이라면 느릴지도 몰라도 경공을 펼친다면 그 정도밖에 걸리지 않는다.

혈혈노파가 취걸과 장득수를 죽이고서 살 것이라는 생각은 들지 않는다. 비록 취걸이 왼팔이 잘렸다고는 하나 그 역시 뛰어난 고수고, 장득수도 초절정의 경지에 오른 고수다.

이성민이 굳이 혈혈노파를 합공하지 않은 것은 시간을 지체하고 싶지 않았을 뿐이지 혈혈노파를 쓰러뜨릴 자신이 없어서가 아니었다.

'이런저런 변수가 있더라도 10분이면 올 거야.'

알고 있다.

이러한 예상에 구멍이 가득하다는 것쯤은.

혈혈노파가 살아 있을 가능성도 있다. 하지만 멀쩡하지는 않을 것이다. 장득수와 취걸이 허무하게 당했을 거라는 생각은 들지 않으니까.

만약 그렇게 되었을 때, 백소고라면 싸움으로 지친 혈혈노파를 죽일 수 있을 것이다.

그 뒤에는?

백소고 혼자서 이곳에 다시 돌아온다면 변하는 것은 없다.

그리고 또, 이성민이 백소고가 돌아올 때까지 버티지 못할 가능성.

그렇게 된다면 백소고는 어떻게 행동할까. 돌아온 그녀가 이성민의 시체를 본다면?

취걸과 장득수가 합류한다고 해서 저 괴물을 상대로 살아남을 수 있을까?

모른다. 모르겠다. 구멍이 너무 많다.

하지만 이것이 최선이다. 설마 여기서 위지호연의 도플갱어와 마주칠 거라고는 생각하지 못했다.

휘청거리며 뒤로 넘어간 몸을 간신히 지탱한다. 척추에 힘을 주어 상반신을 튕기며 반동을 이용해 앞으로 달린다. 양손이 찢어진 것처럼 욱신거렸지만 여기서 멈춰서는 안 된다.

죽고 싶지 않다.

당연한 것 아닌가. 살고 싶다. 살기 위해서는 싸워야 했고, 버텨야 했다.

흑룡포가 다시 이쪽을 덮친다. 결국은 천이기에, 흑룡포가 만들어내는 공격 궤적은 변칙적이었다. 직선과 곡선을 자유자재로 오간다. 형태도 마찬가지였다. 큼직했던 흑룡포가 둘둘 말리더니 날카로운 송곳의 모습이 되어 찔러온다.

떠올려라.

2100년. 이성민이 정신세계에서 수행한 시간이다. 그곳에서의 수행은 지루했다. 너무 지루해서 몇 번이나 미쳐 버렸을 정도도. 떨어지는 모래 알갱이 외에 시간이 얼마나 흘렀는지 알 수단은 없었다.

그 긴 시간 동안 무공을 연마했다. 몸으로 펼칠 수 있는 것, 펼칠 수 없는 것은 분명히 나뉘어 있다. 이성민의 정신이 겪었던 무공과 지금의 이성민이 펼칠 수 있는 무공에는 큰 차이가 있기 때문이다.

떠올려 취해야 할 것은 펼치는 무공이 아니다.

경험이다.

처음에는 심심풀이였다.

상상해 보는 것이 시작이었다. 아무것도 없는 허공에 창을 휘두르고 몸을 움직이는 것이 지겨워서 보이지 않는 상대를 상상하면서 무공을 연마했다.

창을 이렇게 찌르면 상대는 이렇게 움직이겠지? 아니, 이렇게 움직이는 것이 더 효율적일까? 그 회피에서 어떤 공격이 만들어질까. 공격의 형태는? 보법은? 나는 그 공격에 어떻게 대응해야 할까. 피해야 하나? 피할 수 없다면? 받아쳐야 하나? 받아치기에 너무 강하다면?

그럼 죽어야 하나?

옆으로 휘두른 창이 흑룡포와 닿는다. 위력 면에서 이성민의 창은 흑룡포와 비교가 되지 않는다.

알고 있다. 그러니 힘 싸움을 할 생각은 없다.

정면으로 찌르는 것은 측면에서 약하다. 맞서기 버거울 정도로 강한 힘이라면 흘리거나 역이용해라.

위지호연이 가르쳐 준 것들이다. 알면서도 제대로 쓰지 못하는 것이기도 했다.

이성민은 창을 앞으로 찔렀다. 흑룡포와 닿을 듯하다가 스친다.

이성민은 창을 찌르면서 몸을 옆으로 돌렸고, 그것은 찰나에 일어났다. 흑룡포가 이성민의 몸을 아슬하게 비껴가면서 이성민의 창끝은 도플갱어의 가슴을 노린다.

도플갱어에게 감정은 없었다. 놀라지도 않고 당황하지도 않는다. 단지 눈으로 본 것에 확실하게 대응할 뿐이다.

도플갱어는 이성민의 창두가 찔러 들어오는 것을 보았고, 흑룡포를 움직여 그곳을 방어했다.

기억은 선명하다. 2100년 동안 했던 것들. 정신세계의 기억은 결코 엷어지지 않는다. 다만 양이 너무 많아서 의식해서 떠올려야 할 뿐이지. 쓰지 않는 기억을 꺼내기 위해 고심하는 것과 똑같다.

심심풀이로 하기 시작한 상상에 푹 빠졌다. 실전 경험이 부족하다는 것쯤은 스스로 자각하고 있었기 때문에 그를 보강할 셈으로 보이지 않는 상대를 상상하며 비무하듯이 수행했다.

상상하는 상대는 항상 바뀌었다. 검, 창, 도끼, 활, 마법사, 주먹, 발 등. 빈곤한 상상력을 총동원했다. 다행히 시간은 넘치도록 있었다.

방어한 흑룡포를 뚫을 수는 없다. 단단한 상대에게는 발경, 그중에서도 침투경이 효과적이다.

하지만 이 수준의 침투경으로 도플갱어의 방어를 뚫을 수 있을까?

해봐야지.

창두 끝에 강기가 맺힌다. 회전을 감미한 일격이 흑룡포와 부딪힌다.

꽈앙!

묵직한 타격감과 함께 흑룡포가 뒤로 밀린다. 여전히 도플갱어의 얼굴에 당황은 없다. 꿈틀거리던 흑룡포가 크게 확장되더니 이성민의 몸을 덮치려 들었다.

이성민은 창을 고쳐 잡고서 크게 휘둘렀다. 공기가 터지면서 강기가 폭사한다. 흑룡포가 조금 뒤로 밀려났다.

[알고 있냐?]

'알고 있습니다.'

허주가 말을 걸었고, 이성민은 마음속으로 대답했다.

도플갱어의 공격은 단순하기 짝이 없었다. 단순히 흑룡포를 휘두르는 것이 공격의 전부였고, 방어나 회피도 그리 뛰어나지는 않았다.

[저 녀석, 무공을 쓰지 않고 있어. 단순무식한 수법만 고수하고 있다.]

백소고의 도플갱어는 무영탈혼을 펼쳤는데, 위지호연의 도플갱어는 아니었다.

[이 던전의 도플갱어도 그럴 것이라고 확신할 수는 없지만…… 대부분의 도플갱어는 오리지널을 흉내 내는 경향이 있

어요. 만약 이 던전의 도플갱어도 그런 것이라면 무공을 쓰지 않는 것은 오리지널의 흉내라는 것이겠지요.]

무공을 쓰지 않고 단순무식한 수법을 고수하는 것이 위지호연의 흉내라고?

그 의문에 집중할 수는 없었다. 흑룡포가 다시 움직이기 시작했고 이성민은 행동에 집중했다.

분뢰추살(分雷追殺).

창영이 흔들리며 수십 개의 찌르기가 도플갱어를 덮친다. 흑룡포가 꿈틀거리더니 분뢰추살을 받아친다.

거기서 한 걸음 앞서 일보무흔. 도플갱어의 옆으로 파고들면서 추혼일살을 찌른다. 휘릭 하고 돌아온 흑룡포가 추혼일살을 막는다.

침투경을 가미했음에도 뚫을 수가 없다.

'복사백탐은?'

이성민의 손안에서 창이 사라졌다. 아래에서 위로 솟구친 창이 흑룡포의 사이를 파고들려 했다. 이 역시 먹히지 않는다. 넓게 펼쳐진 흑룡포가 창끝을 막아낸다. 구천무극창의 세 가지 초식으로도 흑룡포를 뚫을 수가 없다.

'사각이 없어.'

몸 전체를 둘러쌀 정도로 큰 흑룡포. 길이와 너비마저 자유롭게 변환된다.

본래 저것은 그리 위력적인 아티팩트가 아니다. 형태를 바꾸고 그를 유지하며 공격과 방어에 자유롭게 쓰기 위해서는 어마어마한 내공과 숙련도가 필요하다.

구천무극창은 총 아홉 개의 초식으로 이루어져 있다. 여태까지 이성민이 사용한 것은 세 개뿐이었다.

추혼일살, 분뢰추살, 복사백탐.

그 이후의 초식은 내공 소모도 크고, 이성민이 도달한 무공 수준이 그 이상의 초식을 펼치기에는 부족했다.

하지만 지금은 아니었다. 이성민은 자하신공을 끌어올렸다. 창에 어린 강기가 크게 부풀기 시작했다. 멍하니 그것을 보고 있던 도플갱어가 손을 움직인다. 여전히 도플갱어는 무공을 쓰지 않는다.

창이 뒤로 움직이고.

다시 앞으로.

강기가 폭발했다. 쏘아진 그 일격이 아홉으로 나뉜다. 순수하게 강기로 이루어진 그것은 입을 쩍 벌리고 있는 용의 형태를 하고 있었다.

구천무극창의 사초(四招), 구룡살생(九龍殺生).

아홉 개의 용이 도플갱어를 집어삼킨다. 살덩이로 이루어진 바닥과 벽, 천장이 갉혀 나간다.

콰콰콰콰!

아홉 마리의 용이 전면을 휩쓸었다. 이성민은 창을 쏘아낸 손을 바르르 떨면서 앞을 보았다.

도플갱어는 몇 걸음 뒤로 물러서 있었다. 그녀의 발아래에 밀려난 살덩이가 지저분하게 달라붙어 있었다. 피하지 않고 막았다.

구룡살생을 정면으로 받고서…… 조금 뒤로 밀려난 것이 전부였단 말인가.

이성민은 조금 허탈함을 느끼기는 했지만 그렇다고 낙담하지는 않았다.

그래, 위지호연의 모습을 흉내 낸 놈이라면 저 정도는 되어야 한다.

이성민은 그런 기묘한 만족감을 느끼면서 큭큭 웃었다.

그런 이성민을 물끄러미 보던 도플갱어가 흑룡포를 내려놓았다.

바닥에 놓은 흑룡포가 힘없이 늘어진다. 저벅거리며 앞으로 나오는 도플갱어의 전신을 시커먼 강기가 휘감았다. 그것은 호신강기라고 하기에는 너무나도 흉흉했고 거대했다.

[과연.]

허주가 껄껄 웃었다.

[여태까지는 단순한 장난이었다는 모양이다.]

그것은 이성민도 통감했다. 흑룡포를 벗은 도플갱어는 무기와 방어구를 잃었음에도, 방금 전보다 더욱 흉악하게 느껴졌다.

도플갱어가 보법을 밟는다.

순식간이었다.

이성민은 시야와 감각 모두에서 도플갱어를 놓쳤다. 육감조차도 도플갱어의 움직임을 감지하지 못했다.

[뒤.]

허주가 내뱉어주지 않았더라면 이것으로 끝났을 것이다. 이성민은 급히 몸을 돌리며 창을 휘둘렀다.

'사저, 오면 안 돼……'

통증과 함께 공중을 날면서 이성민은 그렇게 생각했다.

이건 진짜 괴물이라고.

4장
재회(2)

"……괜찮은 것인가?"

장득수는 조금 내키지 않는다는 얼굴이었다. 그것은 취걸도 마찬가지였다.

기분이 좋을 리가 없다. 이유가 어찌 되었든 이렇게 하게 되는 것은 절대로 옳지 않은 일이었기 때문이다.

"저희 셋이서 위지호연을 막는 것은 불가능합니다."

"그건…… 나도 알고 있네. 하지만……."

"저희는 실패했습니다. 누군가는 살아서 보고해야 하지 않겠습니까."

취걸의 목소리는 낮았다. 부끄러움과 수치스러움이 섞였고, 그러면서도 어쩔 수 없다는 자기 위안과 살아야 한다는 갈망이 있었다.

"저는 백 소저를 죽게 내버려 둘 수 없습니다. 저 또한 죽을 수 없습니다. 개방…… 개방을 위해서."

알고 있다. 이것이 결국에는 변명에 지나지 않는다는 것을. 결국에는 죽는 것이 두려워 도망칠 뿐이다.

취걸은 죽은 혈혈노파의 시체를 힐긋 보았다. 저 잔학한 마두조차도 죽기 직전에는 죽고 싶지 않다고, 살려달라고 목숨을 구걸했다.

죽고 싶지 않다.

그것은 모두가 똑같다. 하나뿐인 삶이기 때문이다.

"장득수 님은 어떠십니까."

"……죽고 싶지는…… 않지. 부끄러움을 알면서도 살고 싶네."

이제 와서 체면을 따지는 것이 무어가 중요하겠나. 장득수는 기가 죽은 목소리로 중얼거렸다.

그 말에 취걸이 쓴웃음을 흘렸다. 그리고 품에 손을 넣어 둘둘 말린 스크롤을 꺼냈다.

"운이 좋았습니다."

이것은 혈혈노파가 가지고 있던 스크롤이다. 살점이 붙어 있는 것을 보아 혈혈노파가 던전의 도플갱어 중 하나를 죽이고서 얻은 듯했다.

백소고가 가지고 있던 아티팩트를 이용해서 스크롤에 새겨진 마법을 분석했다.

'던전 탈출.'

사용한다면 즉시 던전에서 탈출이 가능한 마법이 새겨져 있고, 함께 사용할 수 있는 인원은 셋이었다.

혈혈노파는 죽기 직전까지 이 스크롤에 어떤 마법이 새겨져 있는지 알지 못했다.

"……백 소저가 원망할 텐데……."

"책임지겠습니다."

취걸이 대답했다. 그는 벽에 등을 기대 앉아 쓰러져 있는 백 소고를 보았다.

이성민을, 사제를 구하러 가야 한다고 그렇게 외치던 백 소고를 기습적으로 점혈하여 정신을 잃게 만든 것은 취걸이 었다.

'나를 원망하십시오.'

취걸은 짧게 만났던 이성민을 떠올리면서 진심으로 그렇게 생각했다. 그러면서 스크롤을 찢었다.

[함께 사용할 인원을 지정해 주십시오.]

머릿속에 들리는 목소리에, 취걸은 장득수와 백소고의 이름을 말했다.

아프다.

통증을 자각했을 때, 이성민은 바닥을 뒹굴고 있었다. 어떤 식의 공격이었는지 분석할 여유는 없었다. 이성민의 머릿속에서 허주가 고함을 질렀다.

[정신 차려라! 계속해서 오니까!]

이성민은 즉시 몸을 일으켰다.

도플갱어가 발을 크게 들더니 바닥을 내려찍었다. 살덩이로 이루어진 바닥이 파도처럼 요동치더니 거대한 힘이 이성민을 덮쳤다.

이성민은 이를 악물고서 몸을 날렸다.

콰아아앙!

방금 전까지 이성민이 있던 자리가 초토화되었다.

[어떡하지? 어, 어떡해요?]

루비아가 불안한 듯 웅웅거리면서 목소리를 낸다.

모른다.

이성민은 급히 창을 휘둘렀다.

쫘앙!

도플갱어가 내지른 장력이 이성민의 창과 부딪혔다. 창을 잡은 왼쪽 손목이 비틀린다. 왼팔 전체가 찌르르 울리면서 감각이 둔해졌다.

'손이⋯⋯!'

힘이 잘 들어가지 않는다. 억지로 불어넣는다. 오른손을 중심으로 잡고서 창을 한 바퀴 돌린다. 창준과 창두, 그 두 개가 순차적으로 도플갱어를 덮친다.

도플갱어의 얼굴은 무심했다. 오리지널보다는 못하지만 그렇다고 괴물이 아닌 것은 아니었다.

흑룡포를 쓰지 않는 것은 도플갱어가, 아니, 위지호연이 상대를 인정했다는 뜻이었다.

즉, 여태까지는 단순히 상대를 가지고 놀았다는 뜻이었고 앞으로는 상대를 적수로 인정하고 진심으로 죽이겠다는 뜻이기도 했다.

그것은 이성민에게 있어서는 끔찍한 불행이었다. 이성민의 공격은 허무하다 싶을 정도로 쉽게 가로막혔다. 전신에 검은 호신강기를 두른 도플갱어는 움직이는 것만으로도 가로막는 모든 것을 파괴하는 파괴의 화신이었다. 비록 그것이 위지호연 본인이 아닐지라도.

벌려 뻗은 손이 커 보인다.

가벼운 손목의 흔들림, 그것이 수백의 잔상을 그린다.

변? 환? 허? 실은 어디지?

[중앙을 중심으로 해서 오른쪽으로 열, 왼쪽으로 일곱⋯⋯.]

허주가 뭐라고 말은 했지만 느리다. 듣는 것으로 이해하고 대응하기에는 위지호연의 공격이 너무 빠르다. 하나에 맞춰 요격하는 것보다는 전체를 막기 위해 창을 돌렸고, 결과적으로는 늦었다. 이성민은 피를 토하면서 뒤로 날아갔다.

[불편하기 짝이 없군.]

허주가 투덜거린다.

어떡하지. 어떡하지⋯⋯. 여기서 죽으면 주인님을 만날 수 없는데⋯⋯.

의식 너머에서 루비아가 계속해서 중얼거린다.

"좀⋯⋯ 닥치고 있어봐."

이성민은 숨을 몰아쉬면서 몸을 일으켰다. 다리가 조금 후들거린다.

[은혜도 모르는 놈 같으니. 내가 공격의 일부를 받아주지 않았더라면 너는 방금 일격으로 폭사했을 거다.]

과연. 정면으로 당한 것과 공격에 실린 위압감을 생각하면 의외로 버틸 만했다고 생각했는데.

'왜 막아준 겁니까?'

[네가 이곳에서 죽으면 나도 난감해지니까. 핏덩이가 된 몸을 빼앗을 수도 없고 말이다. 네놈에게 묻고 싶은 것도 있고.]

허주가 대답했다. 이성민은 비틀거리며 몸을 일으켰다. 도플갱어는 이성민이 몸을 일으킨 것이 의외라는 듯이 눈을 깜박거렸다.

[시간이 꽤 흘렀다. 하지만 네놈이 도망치라고 보낸 여자는 돌아오지 않고 있어.]

'압니다.'

바보도 아니고. 취걸과 장득수를 데리고 오라고 보낸 백소고가 돌아오지 않고 있다는 것은 알고 있다.

시간이 꽤 흘렀음도 안다. 그렇게 시간이 흘렀음에도 아무도 돌아오지 않고 있다는 것도 안다.

백소고가 배신한 것일까. 그런 생각은…… 하지 않는다. 하고 싶지 않다는 것이 사실이겠지만.

[원망스럽지 않나? 후회스럽지 않나? 네가 이곳에 오지 않았더라면 네가 그 계집을 대신하여 죽을 필요는 없을 터인데. 나는 솔직히 납득이 되지 않아. 네놈은 이미 한 번 죽음을 겪어본 자가 아닌가?]

몸을 추스를 틈도 없었다. 도플갱어가 다시 공격해 온다.

홱 하고 뻗은 오른손.

권(拳)인가 장(掌)인가. 아니, 수도?

예리하게 벼려진 강기가 목젖을 노려온다.

이성민은 오른손 안의 창을 빙글 돌렸다.

카가가각!

강기와 강기가 서로 맞부딪힌다. 밀린 것은 이성민이었다.

기울어지는 몸을 지탱하지 않고 자세 자체를 바꾼다. 동시에 창을 돌리면서 아래에서 위로 복사백탐을 잇는다.

통하지 않는다. 도플갱어는 몸을 살짝 움직이는 것으로 이성민의 공격 궤도에서 완벽하게 벗어났다.

[겪어보았기에 더욱 잘 알 것이다. 죽음이라는 것이 얼마나 갑작스럽고 허무한 것인지. 설마 이번에도 돌아갈 수 있으리라는 생각은 아니겠지?]

'그럴 리가 없잖아.'

대답과 즉시 뛴다.

무영탈혼의 이보겁살.

강기를 폭사시키면서 바로 구천무극창의 사초인 구룡살생을 펼친다. 명확한 살의를 담은 강기의 줄기가 전면을 휩쓴다.

방어로 쓰던 흑룡포는 내려놓았다. 도플갱어는 방어하지 않고 앞으로 나아갔다.

사용하는 것은 오른손뿐. 도플갱어가 흉내 내고 있는 위지호연은 그런 사람이었다. 인정하여 흑룡포를 벗었다. 그렇다고 닭 잡는 데 소 잡는 칼은 쓰지 않는다. 쓰는 것은 오른손뿐이다.

[대답해라. 네놈은 후회하고 있는가? 그 계집을 원망하고 있는가?]

'나는.'

대답을 끊어 내뱉는다.

이보겁살과 구룡살생은 도플갱어가 내지른 일장에 파훼되었다. 흩어진 강기의 파편 속으로 도플갱어가 뛰어들어 온다.

'후회하지도 원망하지도 않아. 애초에…… 사저를 만나지 않았더라면 나는 8년 전에 죽었을 테니까.'

무턱대고 들어간 므쉬의 산. 스스로를 과신하여 걸었던 과한 금제. 백소고가 도와주지 않았더라면 그 산에서 죽었을 것이다.

'사저에게 구명 받았다. 사저와 지내면서 사저를 죽게 만들고 싶지 않다고 생각했다. 그래서 이곳에 왔고 이렇게 남은 거야.'

[그 계집에게 반하기라도 한 거냐?]

'개소리하는군.'

[으하하!]

허주는 뭐가 그리 유쾌한지 껄껄 크게 웃었다. 루비아는 여전히 신경 사납게 중얼거리고 있었고 도플갱어의 공격은 매서웠다.

[조금 마음에 들었다. 네놈이 죽게 내버려 둘 수는 없으니 조금 도와줘 보도록 할까.]

허주가 으스대듯이 말했다.

이성민은 그 말을 귀 기울여 듣지 않았다.

상황은 최악이었다. 본격적으로 무공을 사용하기 시작한 위지호연의 도플갱어는 지금의 이성민이 어찌할 수 없을 수준의 괴물이었다.

헤어지고서 9년.

9년 동안 이 정도인가. 이성민은 피식 웃었다.

'진원진기를 격발시켜도 상대가 안 돼. 도망치기에는…… 늦었나? 앞으로 뛰어볼까?'

[저만한 적을 두고 도망칠 수는 없지.]

'이기는 것은 힘들어. 말했을 텐데. 죽고 싶지는 않다고.'

[죽지 않아도 된다.]

허주가 큰 소리로 웃었다. 이성민의 몸을 덮은 마갑에서 시뻘건 불길이 솟구쳤다. 이성민은 놀라서 자신도 모르게 몇 걸음 뒤로 물러섰다.

[매개만 있다면 힘을 끌어오는 것쯤이야 쉬운 일이지!]

허주가 웃음을 터뜨리면서 말했다. 마갑에서 뿜어진 불길이 이성민의 몸을 덮고 있었으나, 이성민은 그 불꽃에서 조금의 뜨거움도 느끼지 않았다.

"너…… 뭐 하는 거냐?"

[으하하! 허락도 하지 않았는데 반말을 하는구나. 뭐, 상관없지. 나는 네놈이 조금 마음에 들었으니까.]

도플갱어가 뛴다. 이성민의 구룡살생과 이보겁살과 격돌하여 파훼시켰던 위력적인 장법이 덮쳐 온다. 일장을 때렸을 때 거대한 강기의 파도가 이성민을 덮쳤고, 이성민이 내응하기 전에 불꽃이 앞으로 나섰다.

[봐라! 이것이 진짜 괴력난신이다!]

허주가 웃는 목소리로 외쳤다.

꽈아아앙!

힘과 힘이 충돌했다. 위지호연의 강기가 애초부터 그곳에 존재하지 않았다는 듯이 사라졌다.

불길은 조금도 뒤로 밀려나지 않고 앞으로 몰아쳤다. 도플 갱어는 급히 양손을 들었다.

가슴 앞으로 모은 손바닥 사이에서 피처럼 붉은 구체가 만들어졌다. 그리고 그것을 공을 던지듯이 앞으로 날렸다.

꽈아아앙!

격이 다른 두 힘이 충돌하면서 공간 자체가 뒤흔들렸다. 이성민은 비틀거리며 뒤로 물러섰다.

"대체 뭐야……!"

[이해가 늦군. 미련한 놈! 내 힘의 일부를 현현하고 있는 것이다. 네놈 혼자서 맞서봤자 저 반편이에게 죽어버릴 테니까!]

"나를 돕고 있는 거냐……?"

[그렇다! 네놈을 죽게 할 수는 없으니까! 하지만 이래서야 효율이 좋지 않군. 힘을 빌려주마. 그러니 네가 마음대로 써

보아라.]

허주가 그렇게 말한 순간이었다.

솟구친 불길이 흩어지더니 이성민의 몸 안으로 스며들었다. 그 순간 이성민은 이해했다.

그때, 잠자는 숲에서 보았던 것은 불꽃 따위가 아니었다. 지금 위지호연의 공격을 밀어낸 것 역시 불꽃이 아니었다. 그것은 허주가 다스리는 거대한 힘 자체였다.

[요력이다. 본래라면 너희 인간은 다룰 수 없는 힘이지. 하지만 네놈이라면 다룰 수 있을 것이야. 네놈의 심장은 인간보다는 요괴에 가까워 보이니까.]

허주의 요력이 몸에 깃들고 심장이 그를 집어삼킨다.

이성민은 헉 하고 숨을 삼켰다. 노곤하던 전신의 피로감이 사라진다. 욱신거리던 통증도 가셨다. 부러진 늑골과 손목이 멀쩡하게 움직였다.

심장에 깃든 힘을 통해 이성민은 요력의 성질을 이해했다. 이것은 내공도 아니고 마력도 아니었다. 파괴밖에 모르는 단순하고 무식한 힘이었으며, 인간이 다룰 수 없는 인외의 힘이었다.

본래는 공존이 불가한 요력과 내공이 이성민의 몸 안에서 공존한다.

그것은 서로 뒤엉키면서도 섞이지는 않았다. 물과 기름 같은 두 개의 힘이 전신을 흐르면서 이성민은 기혈이 찢어지는 것 같은 통증을 느꼈다.

[견뎌라!]

허주가 외친다.

도플갱어가 뛴다.

놀이 상대에서 적으로, 그리고 호적수로 격이 올랐다. 그렇기에 도플갱어는 가진 전력을 펼치기 시작했다.

뛰어나간 도플갱어의 몸이 다섯으로 나뉘더니 사방에서 덮쳐 온다. 그것은 하나하나가 실체를 갖춘 본인이었다. 이성민은 이를 악물면서 창을 움직였다.

분뢰추살(分雷追殺).

요력과 내공이 섞인 분뢰추살은 이전에 펼친 분뢰추살과는 비교가 되지 않았다. 연달아 터지는 폭음과 함께 도플갱어의 분신이 박살 난다.

그중 본체는 이형환위를 통해 빠져나갔다.

[뒤!]

허주가 위치를 알린다. 말하지 않아도 알았다. 요력은 이성민의 전신 감각을 평소보다 더욱 예리하게 바꿔놓았다.

이성민은 신음을 삼키고서 몸을 돌렸다. 창을 휘두를 수는 없었다. 방금 전에 펼친 분뢰추살은 끔찍한 위력을 내포하고 있었고, 그 초식을 펼친 이성민의 양팔이 제 위력을 감당하지 못하고 뼈가 박살 나버렸기 때문이다.

하지만 그것이 큰 문제가 되지 않음을 이성민은 잘 알고 있었다. 박살 난 팔이 순식간에 재생되고 있었기 때문이다.

하지만 지금 당장은 문제다. 등 뒤로 이동한 도플갱어가 이성민의 가슴을 향해 양 주먹을 내지르고 있었기 때문이다.

일보무흔(一步無痕).

이성민의 몸이 그 자리에서 사라진다. 걸음을 마저 뻗기도 전에 이형환위가 펼쳐졌다. 이성민은 그 경악스러운 속도에 놀라면서도 몸을 통제했다.

일보무흔에서 두 걸음. 이보겁살.

요력과 내공이 뒤섞인 강기가 폭사한다.

도플갱어는 옆에서 들어오는 공격에 급히 양손을 들어 방어를 완성했다. 하지만 완전히 버티지 못했다. 도플갱어의 몸이 뒤로 밀려났다.

그 순간에 이성민의 양팔이 재생되었다. 이성민은 숨을 삼키고서 구천무극창을 펼쳤다.

구천무극창 오초(五招), 절명섬(絕命閃).

그것은 소리조차 갖지 않는 극한의 쾌를 담은 찌르기였다. 이성민이 정신세계에서 필사적으로 도달하고자 했던, 검귀를 죽인 이상적인 찌르기에 근접한 공격이기도 했다.

정신세계에서는 이미 다시 도달했었으나 현실의 육체로는 제대로 구사하지 못한 공격이기도 했다.

하지만 지금은 아니었다. 요력의 보조를 받는 몸뚱이가, 무리한 움직임도 가능하게 만든 몸뚱이가 최속의 찌르기인 절명섬을 완벽하게 펼쳐 냈다.

노린 것은 가슴 정중앙.

이성민의 창이 도플갱어의 가슴 정중앙을 꿰뚫었다.

호신강기의 저항감을 뚫는다.

강기와 요력이 뒤섞인 절명섬. 정신세계에서는 쉼 없이 펼칠 수 있던 절명섬은, 이성민의 진짜 육체로는 펼치는 것이 부담스러운 무공 중 하나였다.

임독양맥을 뚫으면서 이성민은 초절정 고수가 되었고 환골탈태를 해냈다. 육체는 그 이전의 육체와 비교도 할 수 없이 강력해졌으나, 구천무극창의 절초는 그러한 육체로도 부담되는 신공이었다.

하지만 지금은 아니었다. 허주가 보태준 요력의 보조를 받은 이성민의 육체는 정신세계에서 도달한 무공 수준을 힘겹게나마 펼칠 정도는 되었다.

도플갱어의 몸이 뒤로 크게 밀려난다. 놈은 피도 토하지 않고 고통에 신음하지도 않았다. 그러한 감각이 완전히 거세된 괴물은, 진짜 사람이었다면 죽어버릴 치명상 속에서도 반격을 위해 움직였다. 그것은 제 몸의 안위를 완전히 도외시한 질 나쁜 동귀어진의 공격이었다.

'팔이⋯⋯!'

절명섬을 펼친 근육이 파열된 것이 느껴진다. 힘이 빠진 손이 창을 놓으려 했으나 이성민은 입술을 짓이겨 씹으면서 창을 잡았다.

뻗은 창을 뒤로 회수하면서 무영탈혼을 펼쳐 뒤로 물러선다. 가슴에 바람구멍이 뚫린 도플갱어가 양팔을 펼친다.

콰콰콰!

그녀를 중심으로 시커먼 강기가 소용돌이쳤다. 그것은 인간의 무공이라기보다는 자연재해처럼 보였다. 몰아치는 힘의 격류가 사방을 휩쓴다. 이성민은 요력과 강기를 동시에 끌어올리면서 그에 저항했다.

[놀랍군. 저 계집⋯⋯ 진짜도 아니면서 저만한 힘을 휘두르는가. 저게 정녕 인간이란 말인가?]

허주가 큭큭 웃으면서 말했다.

이성민은 허주의 요력이 더해지는 것을 느꼈다. 헉 하고 숨이 막히면서 심장이 미친 듯이 뛴다. 풀리던 다리에 힘이 들어가고 아작난 양팔이 재생되었다.

'이길 수 있나······?'

[네가 하기에 따라 달려 있지. 나는 너에게 요력을 더해줄 뿐이다. 아니면······ 나에게 육체를 넘길 테냐?]

허주가 물었다.

[나에게 육체를 넘긴다면 저깟 반편이 따위야 순식간에 고깃덩이로 만들어줄 수 있다. 저 모습을 한 본인이 오더라도 이길 수 있어. 그럴 테냐?]

계속해서 묻는다. 유혹하는 것 같기도 했고 떠보는 것 같기도 했다.

이성민은 허주의 질문이 무엇을 의도하는 것인지 알 수가 없었다.

대답은 정해져 있었다.

'내가 해야 돼.'

[으하하! 힘을 빌려 쓰는 주제에 네가 하겠다고? 마지막 자존심, 뭐 그런 것이냐?]

'맞아. 내 자존심이야. 내 몸이 너무 약해. 할 수 있는데, 해보고 싶은 것이 있는데 내 몸으로는 아직 할 수 없어.'

이성민은 이를 악물면서 마음속으로 대답했다.

도플갱어의 강함과 위지호연의 강함은 다르겠지.

하지만 이것만큼은 확신할 수 있었다. 2100년의 수행은 무의미하지 않았다. 어렴풋하게 보인다. 위지호연이 가지고 있는, 위지호연이 도달한 초월적인 강함, 저 강함에 맞설 수 있는 방법이 보인다.

이미 겪어보았기 때문에 안다. 정신세계에서 수련을 마쳤을 당시의 몸뚱이와 무공을 그대로 펼칠 수 있더라면 이런 식으로 고전하지 않아도 되었을 것이다.

이성민은 그에 대해서는 확신할 수 있었다. 동시에 가슴 벅찬 성취감과 달성감을 느끼기도 했다.

2100년은 무의미하지 않았다.

[묘한…… 놈이군.]

허주는 이성민이 느끼고 있는 감정에 어렴풋이 공감하고 있었다.

육체가 없는 허주는 거대한 요력 덩어리에 혼을 묶어두고 있었다. 그러한 요력과 혼이 마갑을 거쳐 이성민의 몸 안에 깃든 것이다.

이성민과 반쯤 동화되어 있는 허주는 완전히 빙의하지는 않았기에 이성민의 육체를 통제할 수는 없었으나, 절반 정도의 빙의로도 이성민이 느끼는 감정을 공유할 수는 있었다.

[좋아. 더 빌려주지.]

허주는 이성민이 느끼는 달성감과 성취감을 이해하지 못했다. 다만 '내가 해야 돼'라는 이성민의 대답이 근거 없는 아집이 아님은 알았다.

[네가 버틸 수 있을까?]

그 말은 허주 스스로도 확신할 수 없어 애매했다.

동시에 지금까지와는 비교도 안 될 정도의 거대한 힘이 이성민의 몸 안을 가득 채웠다. 단전이 박살 나는 것 같았다. 단전을 통해 내공을 받아 흘리는 기혈이 찢어지면서 강제로 확장된다.

왼쪽 가슴에서 엄청난 통증이 느껴졌다. 검은 심장이 미친듯이 뛰면서 내공과 요력을 받아내고 있었다.

비명을 지르고 싶었다. 이 정도로 끔찍한 고통은 생전 처음이었다.

하지만 통증에 몸을 무디게 할 수는 없었다. 도플갱어를 중심으로 몰아친 강기의 폭풍이 이성민을 휩쓸려 들었다.

이성민은 아찔한 통증 속에서 창을 찾았다. 창은 이미 이성민의 손에 쥐어져 있었다.

구룡살생(九龍殺生).

아홉의 용과 강기의 폭풍이 부딪혔다.

내공은 이미 바닥이다. 하나 남은 대환단의 반쪽과 마석을 씹어 내공을 보충할 필요는 없었다. 내공의 빈자리를 요력이 채운다.

불길한 색으로 물든 아홉의 용이 꿈틀거린다. 이윽고 용들은 입을 쩍 벌리면서 강기 폭풍을 집어삼켰다.

격돌하던 힘과 힘이 사라진 공백.

도플갱어는 살짝 비틀거리더니 전보다 더한 힘을 내뿜었다. 괴물이 발하는 무위는 이미 인간의 수준을 아득하게 초월해 있었다.

허주가 탄성을 질렀고 이성민은 앞으로 걸었다. 손에 있는 창이 웅웅거리며 진동한다. 힐긋 내려다보니 창간은 찌그러져 있었고 창두의 창날은 금이 가 있었다.

'보수 받은지 얼마 안 되었는데.'

셀게루스에게 한 소리 듣겠군.

이성민은 쓰게 웃으면서 단전과 기혈을 활짝 열었다.

통증은 건재했으나 이성민은 계속해서 움직였다. 움직여야만 했다.

후우웅!

자색이 뒤섞인 요력이 창 전체를 휘감았다. 도플갱어의 전신을 덮고 있던 검은 강기가 그녀의 양손에 어린다.

이성민은 이것이 마지막이라고 직감했다. 도플갱어의 공격이 아니라, 이성민 본인에게 이것이 마지막이었다. 검은 심장이 요력을 받아 펌프질하고 있기는 하지만 이 이상은 무리다.

이번 일격으로 끝내지 못한다면.

아니, 끝낼 수 있다.

이성민은 그를 확신했다. 확신과 함께 무공을 준비한다.

추혼일살이나 분뢰추살, 복사백탐으로는 무리다.

도플갱어가 끌어올리는 힘은 구룡살생으로 막을 수준이 아니었고 절명섬으로 저 부푼 강기를 뚫으리라는 보장은 없었다. 그렇다면 그다음. 지금까지 사용하지 않은, 사용하지 못한 무공을 택해야 한다.

구천무극창의 육초(六招).

그 이상의 무공은 무리. 정신세계에서도 가혹한 수행과 기나긴 시간으로 간신히 도달했던 무공이다. 지금의 육체로는 불가능하다. 그렇다면 언제 가능할까.

'할 수 있어.'

구천무극창 육초(六招), 공도(空道).

창을 덮고 있던 자색의 강기가 부푼다. 이성민은 양손으로 잡은 창을 있는 힘을 다해 앞으로 내질렀다. 그 순간에 도플갱어의 강기가 폭발하여 이성민을 덮쳤다.

그것과 닿는 순간 파도에 커다란 구멍이 뚫렸다.

공도는 도플갱어의 공격을 모조리 휘감더니 회전을 통해 사방으로 흩뿌렸다.

이성민은 손에 전해지는 압박감을 견뎌내며 앞으로 몸을 날렸다.

꽈아아앙!

살덩이로 이루어진 벽들이 모조리 폭발했다. 흩뿌린 파편에 얻어맞은 것만으로도 그들은 버텨내지 못했다.

이성민은 정신이 아득해지는 부유감 속에서 길을 찾았다. 창을 내지른 곳이 이성민이 가야 할 길이었다.

휙 하고 날린 몸이 공백의 길을 꿰뚫는다. 그 끝에는 창백한 얼굴을 한 도플갱어가 서 있었다.

그 얼굴.

퍼어어엉!

소리는 그것이 마지막이었다. 사방으로 튀었던 강기의 파편들이 안개가 되어 흩어졌다. 자색과 검은색의 안개가 퍼져 나간다. 무너지는 안개를 보면서 이성민은 위지호연을, 그녀의 얼굴을 한 도플갱어를 내려 보았다.

몸뚱이의 절반이 사라진 도플갱어는 움직이고 싶어도 더 이상 움직일 수 없었다.

이성민은 두 눈을 깜박거리는 도플갱어의 시선을 보면서 뭐라고 말하려 입을 열었다.

하지만 결국 말은 뱉지 않고 다시 다물었다. 해봤자 의미가 없다. 저것은 위지호연의 얼굴을 가지고 있으면서도 위지호연이 아니니까.

이성민은 아랫입술을 꾹 다물면서 손을 보았다. 창은 더 이상 무기의 형태를 가지고 있지 않았다. 쏟아부은 힘을 창이 감당하지 못한 것이다.

이성민은 한숨을 쉬면서 창을 뒤에 걸쳤다. 그러는 사이에 도플갱어의 눈이 감겼다. 완전히 죽은 것이다.

[이겼군.]

허주가 중얼거렸다.

[어떤 기분이냐? 본래라면 네가 이길 수 없는 상대였다. 그런 상대를 네 힘이 아닌 내 힘을 빌려 쓰러뜨린 것이다. 자랑스러우냐?]

"아무렇지도 않아."

이성민은 그렇게 중얼거리면서 몸을 숙였다. 그는 손을 뻗어 도플갱어의 사체를 뒤적거렸다.

공도에 휘말려 사라진 것이 아닐까 걱정하였는데, 남은 사체 속에서 무언가 손에 잡혔다. 그것은 주먹만 한 크기를 가진 광석이었다. 마석은 아니었다.

이성민은 머리를 갸웃거리다가 그것을 일단 아공간 포켓 안에 넣었다.

[준비해라.]

허주가 말했다.

"무슨 준비?"

[네 몸에 쏟아 넣은 요력을 거둘 것이다. 아마 반동이 심할 것이야. 정신을 제대로 잡지 않으면 죽는다.]

요력을 몸으로 받던 중에도 죽을 것처럼 아팠는데 또 있다고?

이성민은 순간 어이가 없었지만 머리를 끄덕거리면서 자리에 주저앉았다. 저 정도의 힘을 사용했는데 대가가 없는 것도 이상하다.

이성민은 이를 악물면서 마음속으로 대답했다.

'준비됐어.'

[하하하!]

허주의 웃음소리와 함께 몸 안에 들어와 있던 허주의 요력이 쭈욱 빨려 나갔다. 몸에서 뿜어진 요력은 허공을 맴돌다가 다시 이성민이 입고 있는 마갑 속에 깃들었다.

정신을 놓을 뻔했다.

다양한 고통에 익숙해진 이성민이었지만, 지금의 고통은 여태까지 느껴왔던 고통은 장난질로 느껴질 만큼 강력했다.

단전과 기혈이 찢어지는 것 같았고 근육이 터지는 것 같았다. 뼈는 얼음이라도 쏟아 넣은 것처럼 시리다가 불로 달구는 것처럼 뜨거워졌고 혈류는 역류하는 것 같았다.

이성민은 입을 쩍 벌리고서 꺽꺽거리는 소리를 냈다.

[버틸 만하냐?]

그런 허주의 목소리가 멀리 들렸다. 이성민은 한참 동안 고통 속에서 몸을 뒤틀었다.

'정신을 제대로 잡지 않는다면 죽는다.'

허주가 했던 말은 사실이었다. 정신을 잃는 순간 고통을 견뎌내지 못한 뇌가 스스로 죽음을 택할 만큼 끔찍했다.

얼마나 시간이 흘렀을까.

영원과도 같던 고통이 끝난다. 이성민은 감고 있던 눈을 떴다. 전신이 식은땀으로 축축했고 몇 번이나 씹은 입술은 피투성이였다. 몸을 일으키려고 하였으나 힘이 제대로 들어가지 않았다.

"괘, 괜찮아요?"

주변에는 루비아가 있었다. 그녀는 발을 동동 구르고 있다가 이성민이 정신을 차리자 황급히 다가왔다. 간신히 몸을 반쯤 일으킨 이성민이 숨을 몰아쉬다가 루비아를 보았다.

"뭐라도 조금 해주지 그랬습니까?"

"땀 닦아주고 피 닦아주고 열심히 했거든요?"

"치유 마법을 펼칠 줄 모르는 겁니까?"

"할 줄 몰라요."

루비아가 입술을 삐죽 내밀면서 대답했다. 그래도 정말 아무것도 하지 않은 것은 아닌 모양이었다. 루비아의 로브는 피와 땀으로 젖어 있었다. 닦을 것이 없어서 입고 있던 로브로 몸을 닦아준 모양이었다.

"시간은…… 얼마나 흘렀습니까?"

"1시간 정도……."

1시간 동안 고통을 느끼고 있었다는 말인가.

이성민은 헛웃음을 흘리며 창대를 지팡이 삼아 몸을 일으켰다. 다리에 힘이 들어가지 않았지만 움직여야만 했다.

"뭐, 뭐 하는 거예요?"

"가야 해."

이성민은 숨을 몰아쉬면서 대답했다. 욱신거림이 심하기는 했지만 실제로 뼈가 상한 것은 아니었다. 근육이 아팠지만 이정도는 견딜 수 있다.

이성민은 시야 한쪽에 있는 미니맵을 보았다. 도플갱어와 싸우는 도중에는 신경 쓰지 못했던 것이다.

던전 안에 남아 있는 것은 이성민을 제외하면 하나뿐이었다. 그러니 확인해야만 했다.

이성민은 발을 질질 끌면서 왔던 길을 되돌아갔다. 주변이

워낙 엉망이기는 했지만 미니맵 덕분에 길을 찾는 것은 그리 어렵지 않았다. 확인된 바로는 도플갱어들도 모조리 죽어 있었기 때문에, 몸 상태가 좋지 않다고는 해도 이성민의 행동에 거리낌은 없었다.

혈혈노파의 시체가 보였다. 처참하게 짓이겨진 시체는 도끼 자국과 장법의 흔적이 그대로 남아 있었다.

이성민은 숨을 몰아쉬면서 주변을 둘러보았다.

"이건…… 마법의 흔적이 남아 있네요."

루비아가 이성민의 눈치를 살피면서 말했다.

"……마법? 어떤 마법?"

"확실하지는 않은데…… 잠깐만요."

루비아를 중심으로 복잡한 마법진이 펼쳐졌다. 잠깐 동안 눈을 감고 있던 루비아가 머뭇거리며 이성민을 힐긋거렸다.

"괜찮습니다."

이성민이 머리를 끄덕거리며 말했다. 그 말에 루비아가 한숨을 쉬며 말했다.

"……이동 마법이 펼쳐졌어요. 아마 던전 밖으로 이동하는 마법이었겠죠."

백소고와 장득수, 취걸이 그 정도의 고등 마법을 펼칠 수 있을 리가 없다. 아마 스크롤일 것이다.

"……조금 더 자세하게 들을 수 있을까요."

"아…… 네, 탈출 마법으로 이동한 사람은 셋이에요. 정확히 누가 나간 것인지는 모르겠지만……."

"알겠습니다."

그것으로 충분하다.

백소고는 죽지 않았다. 취걸, 장득수와 함께 던전을 벗어났다.

그러면 된다. 만족할 수 있다.

백소고를 살리기 위해 이 던전에 들어왔다. 백소고의 죽음을 막고 싶어서 지금까지 왔다고 해도 과언이 아니다.

그것을 이루었다.

"……그러면……."

이성민은 숨을 몰아쉬면서 다시 움직이기 시작했다. 그런 이성민을 보고서 루비아가 당황하며 달라붙었다.

"어, 어디로 가는 건가요?"

"앞으로."

이성민은 몸의 통증을 삼키면서 대답했다.

"앞으로 가야 합니다."

미니맵을 본다.

던전의 끝에 노란 점이 있었다.

"……대단……하군……."

죽어가는 목소리. 위지호연은 표정 없는 얼굴로 그것을 내려다보았다.

인간이 아닌 괴물이 위지호연을 올려다보고 있었다. 양팔은 기형적으로 뒤틀려 있었고 하반신은 아예 존재하지 않았다.

강했다.

위지호연은 무덤덤한 얼굴을 하고서도 그것을 인정했다. 여태까지 위지호연이 에리아에 살아온 9년간, 저기 죽어가는 괴물만큼 위지호연을 힘겹게 한 상대는 존재하지 않았다.

저 이름 모를 괴물은 재앙에 가까운 힘을 지니고 있었으며 이미 몇 년 전에 아버지, 천마의 무위를 뛰어넘은 위지호연으로서도 진심이자 전력으로 상대해야 할 정도였다.

"필멸자……. 그들 중에서도 짧은 세월을 살아가는 인간에게 이렇게 되리라곤 생각하지 않았거늘……."

"넌 강했다."

위지호연이 중얼거렸다. 그녀는 조금의 피로를 느끼면서 이마를 타고 흐르는 땀을 닦아냈다.

강적이기는 하였으나 긴 싸움을 통해 위지호연이 흘린 것은 피가 아닌 땀이었고 고통이 아닌 조금의 피로감뿐이었다.

그를 알기에 괴물은 쿡쿡거리면서 웃었다.

"보이는구나."

괴물이 눈을 반개했다. 시뻘건 안광을 줄줄 흘리던 눈은 이제는 끝 모를 깊이를 가지고 위지호연을 응시하고 있었다.

"네가 가진 운명. 인간이면서 인간이 아니게 될, 패왕의 운명을 타고났으나 그를 벗어나 군림하게 될 운명이 보여."

"무슨 말이냐."

"천재라고 해도 정도가 있는 법이다. 네가 타고난 재능은 운명조차 뒤틀었구나……. 흐흐! 이러니 내가 인간 하나를 감당하지 못하고 당할 수밖에. 이래서야 받아들일 수밖에 없구나. 나도 결국은 이곳에 묶여 있는 망령일 뿐이니……. 자아, 거두어라. 너에게 거두어진다면 오히려 영광일 터이니."

그 말을 들으면서 위지호연은 손을 들어 올렸다. 그녀의 손짓에 따라 거대한 힘이 몸을 일으켰다.

괴물은 겸허한 마음으로 자신의 죽음을 받아들였다.

소리 없이 죽음이 피어났다.

던전의 최종에 존재했던 괴물은 안개가 되어 흩어졌고, 그것은 허공을 맴돌다가 위지호연에게 스며들었다.

위지호연은 우두커니 서서 자신의 몸 안에 깃드는 힘을 의식했다. 그것은 의지 없는 힘의 덩어리였고, 자연스레 위지호연의 천마신공의 흐름에 맡겨져 그녀가 가진 힘의 일부가 되었다.

위지호연은 앞으로 나아갔다. 괴물이 가로막던 곳의 앞에는 거대한 문이 있었다.

위지호연은 손을 뻗었다. 흑룡포가 대신하여 앞으로 날아가 문을 열었다.

문의 안쪽에는 금은보화가 산처럼 쌓여 있었다. 그 양은 도시 하나를 통째로 살 수 있을 만큼 많았다.

위지호연은 허리춤에 멘 아공간 포켓을 열었다. 그 막대한 금은보화가 모조리 위지호연의 아공간 포켓 안으로 빨려 들어갔다.

이윽고 그녀는 보물 창고의 끝에 도착했다. 공중 위에 검은색 천이 떠 있었다.

위지호연이 그를 향해 손을 뻗자 움찔거리던 천이 위지호연에게 다가왔다. 이윽고 그것은 위지호연의 몸 전체를 덮더니 착 달라붙는 의복이 되었다. 분명 옷을 입었는데 입은 것 같지 않았다.

위지호연은 이 옷이야말로 이 던전에서 주어지는 가장 뛰어난 보상임을 깨달았다.

"제법 재미있었어."

위지호연은 그렇게 말하면서 손을 들어 올렸다. 허공을 지난 손이 위지호연의 가슴에 닿았다.

"던전에 들어오는 것은 처음이었는데 어렵다기보다는 재미있더군. 마지막 녀석은 굉장히 강했어. 아마 예전의 나였더라면 이길 수 없었을 거야."

정말로 그랬을까?

"나는 바보가 아니야. 이 던전이 어떤 것인지는 어느 정도 이해했어. 나는…… 너와 똑같이 생긴, 구천무극창을 사용하는, 네가 아닌 너와 만났었다. 너는 재미있는 상대였어. 내가 가르친 무공이었지만 직접 상대해 보니 의외인 점이 많더군. 워낙에 잘 만들어진 무공이었으니까 말이야."

이성민은 대답하지 않았다.

그는 부러진 창에 몸을 기대고서 위지호연의 등을 보고 있었다. 그는 입을 다물고 있었으나, 위지호연은 자신의 뒤편에 서 있는 것이 이성민이라는 것을 알았다.

"너도 이 던전을 목적으로 온 것이냐. 하지만 조금 늦었군. 이 던전의 마지막 괴물을 쓰러뜨린 것은 나거든."

위지호연은 쿡쿡 웃으면서 말했다. 그러니 양보해 줄 생각은 없다. 이 던전을 공략한 것은 위지호연이다. 이곳에 있는 모든 것은 위지호연이 취하게 되었다.

"하지만 네가 달라고 한다면 주지 못할 것도 없어. 우리는 친구니까. 안 그래?"

"……아니, 주지 않아도 괜찮아."

"이제야 말을 하는군."

위지호연이 큰 소리로 웃었다.

그녀는 빙글 몸을 돌려 이성민을 보았다. 위지호연은 상처 하나 입지 않았지만 이성민은 아니었다.

이성민은 피와 땀에 젖은 머리를 쓸어 올렸다.

"……뭐라고 말을 해야 할지 몰라서. 생각하고 있었어."

"하하! 멍청한 녀석, 9년이나 흘렀다. 9년이 흘러서 만나게 된 거야. 9년 동안 나를 만나 무슨 말을 할지 한 마디도 생각해 두지 않은 거냐?"

"생각은…… 했었지."

생각해 두었다고 해서 곧바로 말이 나오는 것이 아닐 뿐이다. 위지호연은 웃는 얼굴을 하고서 이성민을 응시했다.

"너는 누구를 만났지?"

"……너."

"나인가. 그래, 그럴 거라고 생각했어. 뒤에서 굉장히 시끄러운 소리가 들렸거든. 그래도 살아남았군. 나를 쓰러뜨렸다는 거겠지?"

"힘들었어. 몇 번이나 죽을 뻔했고."

"하지만 죽지는 않았지. 9년……. 서로에게 많은 의미가 있던 시간이라고 생각하는데. 넌 어떠냐?"

"의미는 많았지. 고생도 많이 했고."

"너는 강해졌어."

"만족은 안 돼."

이성민이 대답했다. 그는 부러진 창을 내려다보았다. 위지호연의 도플갱어와 싸웠을 때를 떠올린다. 허주의 도움이 없었다면 이길 수 없었을 것이다.

허주의 도움, 요력의 보조가 있었기 때문에 정신세계에서 도달한 무위를 재현할 수 있었다.

"어째서?"

"너는 나보다 더 강하니까."

"하하! 알고 보면 너도 욕심은 참 많다니까. 나보다 강해지는 걸 목표로 삼고 있는 것이냐?"

"지금은."

"지금은…… 이라는 건. 바뀔 수도 있다는 것인가?"

"세상은 넓으니까."

"좋은 일이야. 확실히 9년 전과는 다르군. 그때의 너는 제대로 된 목표라는 것도 가지고 있지 않았지. 단순히 살아가는 것만을 목표로 삼고, 기껏 죽음에서 돌아왔음에도 뭔가 대단한 삶을 살겠다는 생각도 하지 않고 있었지."

"그게 싫었어."

"그래서 변했다는 거냐?"

"변해가고 있다고 생각해."

"아직인 모양이군."

위지호연이 웃음을 흘렸다. 완전히 몸을 돌린 그녀는 성큼거리며 이성민에게 다가갔다.

이성민은 가까워지는 위지호연의 얼굴을 보면서 아무런 말도 하지 않았다.

하고 싶은 말은 많다. 이보다 더…… 많은 말을 하고 싶었다.

하지만 지금은 아니었다. 아직은 안 되었다. 지금의 이성민은 아직 위지호연과 대등한 위치에 서지도 않았으며, 그녀에게 자신의 성취를 자랑스레 말할 만큼의 수준도 되지 않았다.

이성민은 그것을 '싫다'고 생각했다. 이런 기분은 처음이었다.

백소고에게는 보여주고 싶었다. 므쉬의 산에 있었을 적과 비교해 '내'가 얼마나 강해졌는지. 얼마나 뛰어나졌는지.

결과적으로 백소고에게는 모든 것을 보여줄 수 없게 되었다. 하지만 만족했다. 백소고의 죽음을 막았으니까.

그렇다면 위지호연은?

'아직은 안 돼.'

솔직히 말하자면 이런 것이었다. 지금 위지호연에게 자신의 전부를 보여주었을 때 위지호연의 반응이 어떨지 두렵다.

단순한 칭찬을 바라는 것이 아니다. 인정받고 싶었다. 위지호연은 이성민을 두고 친구라고 했다. 이성민도 위지호연을 친구라고 생각하고 있었다.

그렇기에 지금은 아니었다. 아직은 안 된다. 친구니까, 그러니까. 동등한 위치에 서고 싶었다.

그 위치에 서기 위해서는 위지호연에게 부끄러운 존재로 남아서는 안 된다. 인정받아야 한다.

"약속했던 날까지는 아직 1년이 남았나."

"응."

"약속 장소는 기억하고 있어. 날짜도. 계속…… 생각했거든. 너랑 다시 만나게 되었을 때 나는 어떤 모습일까, 너와 무슨 이야기를 해야 할까, 너는 어떤 모습이 되었고 너는 나에게 무슨 말을 할까."

"……너는 많이 변했어."

"너도 마찬가지야. 아, 그래. 기회가 된다면 이걸 꼭 물어보고 싶었어. 내 가슴은 어때?"

"뭐?"

9년 전과 똑같았다. 위지호연은 대뜸 뜬금없는 이야기를 물었다.

순간 무슨 말인지 알아듣지 못한 이성민이 머리를 갸웃거렸다. 어느새 코앞까지 다가온 위지호연이 자신의 가슴에 손을 올렸다.

"네가 아는 전생에 비해서 그리 커지지 않은 것 같은데. 네 취향은 어떠냐? 조금 더 큰 편이 좋은가?"

"……어…… 내 대답이 중요한 건가?"

"기왕이면 네가 좋은 쪽이 나도 좋으니까 말이야."

"딱히 상관은 없다고 보는데…….."

"그래? 그렇다면 다행이군. 풍유환을 먹을까 말까 고민을 많이 했었거든. 아, 너는 뭔지 모르려나? 풍유환을 꾸준히 복용한다면 가슴이 확실하게 커진다고 하더군. 부작용도 없고. 그런데 막상 가슴을 키우면 이래저래 불편한 점이 많을 것 같아서…….."

"그렇게까지 할 필요는 없다고 생각해."

이성민은 진심으로 위지호연의 가슴이 크건 말건 신경 쓰지 않았다. 가슴 크기라는 것이 뭐가 중요하겠는가.

이성민의 대답을 듣고서 위지호연이 히죽 웃었다.

"나와 함께 갈 테냐?"

위지호연이 물었다. 그 질문에 이성민의 얼굴이 살짝 굳었다.

"나를 추종한답시고 따라다니는 녀석이 많아. 귀찮은 놈들이지. 내가 시키지도 않은 일을 하면서, 자기들 멋대로 기대를 품고 나를 대하고 있어. 나는…… 그게 마음에 들지 않아."

독고귀검의 죽음을 떠올린다. 그를 죽인 것이 위지호연의 도플갱어라는 것을 알지 못하고 덤벼들던 마랑철권의 고함과 함께.

"나는 타인에게 기대받는 것이 싫어. 마교에 있었을 적에도 그랬으니까. 그들이 멋대로 기대하면서, 의식적이든 무의식적이든 내가 '어떻게' 해줄 것을 바라는 것이 역겹다."

"나라고 해서 다르지는 않을 거야."

"알아. 내가 하는 말이 말도 안 된다는 것을. 결국 사람이라는 것은 다른 누군가에게 멋대로 기대를 품게 마련이니까. 하지만…… 네가 나에게 기대하는 것은 괜찮아. 나 역시 너에게 기대하고 있으니까."

위지호연은 그렇게 말하며 눈을 반짝거렸다. 그 눈은 9년 전에 제나비스에서 보았던 눈과 똑같았다. 아닌 것 같으면서도 장난기를 품은 눈이다.

"너와 함께 다닌다면 재미있을 것 같아. 나는 많은 것을 해 왔지만 너랑 함께라면 더 많은 것을 할 수 있을 것 같아. 응, 그런 예감이 든다. 반드시 그렇게 될 거야."

"……미안해."

이성민은 잠깐의 침묵 끝에 대답했다.

"아직, 나는 그럴 수가 없어."

"나와 함께 다니는 것이 싫은 것이냐?"

"아니, 그건 아니야. 단지…… 그래, 나 스스로 만족이 되지 않아."

"욕심이 많아."

위지호연은 이성민의 대답을 듣고서 더 이상 권하지 않았다. 그녀는 쿡쿡거리며 웃더니 손을 뻗어 이성민의 어깨에 얹었다.

"나는 지금의 너로도 충분히 좋아. 너는 내가 생각했던 것 이상으로 강해졌어."

"나 스스로 만족을 못 하는 거야. 나는 더 할 수 있어. 더 먼 곳을 보고 왔으니까, 더 나아갈 수 있어."

"하하!"

이성민의 말에 위지호연이 크게 웃었다. 그녀는 이성민의 말을 모두 이해할 수가 없었으나, 그의 말에 강한 집념이 묻어 있음을 느낄 수 있었다.

그것이 위지호연을 기쁘게 만들었다. 적어도 9년 전의 이성민은 저런 말을 하지 못했으니까.

그래, 변하게 마련이다.

위지호연은 변해버린 이성민을 가까이서 보면서 빙그레 웃었다.

"그렇다면 1년 후에 다시 보도록 하자."

약속했던 그곳에서.

위지호연이 덧붙였다.

"나는 계속해서 앞으로 갈 거야. 네가 더 갈 수 있듯이, 나도 더 갈 수 있으니까. 장담컨대 1년 후의 나는 지금의 나보다 훨씬 뛰어나고 강할 거야. 그리고 지금의 나보다 안목이 높아져 있겠지. 나는 지금의 너를 봐버렸으니까."

위지호연은 그렇게 말하고서 이성민의 어깨 위에 올렸던

손을 내렸다. 그녀는 천천히 이성민을 지나쳤다.

이성민은 배웅의 말을 전하기 위해 위지호연을 돌아보았다.

"1년 후에 보자."

"그래."

위지호연은 이성민의 말을 듣고서 환한 미소를 지었다.

그 미소는 이성민에게 보이지 않았다. 보여주고 싶지 않았다. 위지호연은 미묘한 가슴의 떨림을 즐겁게 받아들였다.

9년 전의 기억이 났다.

처음 제나비스의 분수대 앞에서 소환되었을 때 뭔지 몰라 멀뚱히 서 있던 중에 느꼈던 시선.

우연을 가장한 만남이었고 위지호연은 그것이 좋았다. 처음으로 갖게 된 또래 친구. 단지 그것뿐인데도, 위지호연은 여태까지 살아온 날 중에서 제나비스에서 살았던 짧은 시절에 많은 향수를 간직하고 있었다.

'욕심이 나. 하지만 참을 거야.'

위지호연은 아래로 내린 손을 쥐었다 펴면서 생각했다.

마음 같아서는 강제로 데려가고 싶었다.

하지만 참는다. 그래서는 미움받을지도 모르니까.

위지호연은 하나뿐인, 유일한 친구의 뜻을 존중해 주고 싶었다. 아직 하고 싶은 말은 많다. 나누고 싶은 대화가 너무 많다.

하지만 장소가 좋지 않다. 때도 아직 되지 않았다.

1년 후에 더 많은 이야기를 하도록 하자. 같이 밥도 먹고 술도 마시고. 모든 것을 터놓고 이야기하자.

'그러고 보니 이 말은 하지 못했어.'

문을 나서면서 위지호연은 뒤늦게 생각했다.

'보고 싶었다는 말.'

그 말도 가슴에 묻는다.

1년은 그리 긴 시간이 아닐 테니까.

5장
허주

"아아아악!"

백소고는 몸을 비틀면서 비명을 질렀다. 당장에라도 뛰쳐나가고 싶었지만 그녀의 몸을 구속하고 있는 점혈이 행동의 자유를 앗아버렸다.

장득수는 그런 백소고를 보면 안절부절못했고, 취걸은 우울한 얼굴로 백소고를 응시했다.

"대체 왜!"

백소고가 쉰 목소리로 외쳤다. 그녀는 원독에 가득 찬 눈으로 취걸을 노려보았다.

취걸은 백소고의 시선을 받으면서 작게 한숨을 내쉬었다. 그가 뭐라고 말을 하려는 순간, 백소고가 기다리지 않고 내뱉었다.

"왜 나를 데리고 나온 건가요?!"

너무 비명을 질러 쉬어버린 목소리는 평소의 백소고의 목소리와는 조금도 닮아 있지 않았다.

"사제가, 내 사제. 하나뿐인…… 내 사제를. 나는 사제를 구해야 해요. 사제가 나를 대신해서 그 괴물과 맞닥뜨렸는데! 사제, 내 사제는…… 나를 구하기 위해 그 괴물과 맞섰다고요. 당신들과 함께 사제를 구하러 가겠다고, 그랬어야 했는데……!"

더듬거리며 뱉은 백소고의 말은 엉망이었다. 하지만 그 뜻은 명확했고 들끓는 감정은 노골적이었다.

원망을 듣는 것이 당연하지.

눈치 없는 장득수도 그를 알고서 침묵했다. 그는 변명하는 대신에 눈을 감고서 머리를 숙였다. 그래도 부끄러움은 알고 있었기 때문이다.

하지만 취걸은 아니었다. 부끄러움을 모르는 것은 아니었으나 백소고의 눈을 피하지 않았다. 피할 수가 없었다. 피해서는 안 되었다.

도망치는 것을 택한 것은 취걸이다. 기습으로 백소고를 점혈하고, 무슨 짓을 하는 것이냐며 놀란 장득수를 설득하고, 혈혈노파에게서 취한 스크롤을 사용해 던전을 탈출한 것도 취걸이다.

스크롤은 성능이 뛰어났다. 그들은 많은 거리를 격하고서,

도시 크론의 개방 본파로 이동하는 것에 성공했다.

크론은 던전과 굉장히 많이 떨어져 있는 도시였으며 개방의 본파뿐만이 아니라 무림맹이 있는 도시이기도 했다.

이 정도의 초장거리 텔레포트는 인간의 수준으로는 불가능한 마법이다. 대마법사라고 추앙받는 이들조차 도시 단위의 텔레포트는 불가능하다.

하지만 던전에서 얻은 스크롤은 통상적인 상식과는 아득하게 벗어나 있는 물건이었기 때문에 이 어마어마한 거리의 텔레포트를 가능하게 만들었다.

"······우선, 진정하십시오."

취걸은 한숨을 쉬면서 말했다. 이런 말을 해봤자 백소고가 진정하지 않을 것은 취걸도 알았다.

실제로 그랬다.

백소고는 그 말에 눈을 부릅뜨고서 취걸을 노려보았다.

"우선 백 소저는 현실을 알아야 합니다. 이곳은 크론에 있는 개방 본파입니다. 이곳에서 그 던전까지 돌아가려면 백 소저가 전력을 다해 경공을 펼쳐도 한 달은 걸릴 겁니다."

"마법을······."

"우리가 이곳으로 단숨에 이동할 수 있었던 것은 던전에서의 스크롤 덕분이었습니다. 그 어떤 마법사가 온다고 해도 백소저가 원하는 시간 안에 그 던전 앞으로 이동시켜 줄 수는 없을 겁니다."

"왜 도망친 거죠……?!"

백소고는 이를 악물고서 내뱉었다. 몸이 점혈되지만 않았으면 백소고는 현실이 어떻고 간에 이곳을 뛰쳐나갔을 것이다. 아니면 크론의 모든 마법사 길드를 돌아다니며 텔레포트를 부탁하든가.

"말하지 않았습니까. 현실을 알아야 한다고."

취걸이 우울한 목소리로 말했다.

"우리 셋. 거기에 백 소저의 사저인 귀창이 힘을 합친다고하여 위지호연의 도플갱어를 쓰러뜨릴 수 있다는 보장은 없었습니다."

"해보지도 않았잖아요……!"

"해보지 않았으니까 우리가 살아 있는 겁니다. 나는…… 백소저, 나는, 죽을 수 없었습니다. 죽어서는 안 되었습니다. 그건 장득수 님도 마찬가지였습니다."

"그렇다면 나를 버리고 가지 그랬나요."

백소고가 취걸을 노려보았다.

취걸은 그런 백소고의 시선을 아프게 느꼈다. 백소고를 알고서, 백소고를 연모하고 그런 시간 동안 취걸은 단 한 번도 그녀의 저런 시선을 받아본 적이 없었다.

하지만 감내해야만 했다. 그럴 만한 일을 하였기 때문이다.

"그럴 수는 없었습니다."

"……왜죠?"

"나는 백 소저가 죽는 것을 바라지 않았으니까."

그 말에 백소고는 아무런 말도 잇지 못했다. 잠깐 동안 취걸을 보던 백소고가 입술을 뻐끔거렸다. 잠시 뒤에, 백소고는 쉰 목소리로 웃음을 흘렸다.

"비겁하군요."

탄식 어린 목소리였다.

"비겁하고, 비겁하고…… 너무…… 비겁해요. 이것이 무림맹인가요. 이것이 협의(俠義)인가요? 위지호연을 감시하면서 던전에 따라 들어간 것은 그녀를 막기 위해서였어요. 던전에서 강한 힘을 얻고 정말로 통제 불가능한 괴물이 되는 것을 막기 위해서였죠. 하지만 우리는 막지 못했어요. 아니, 막지 않았죠."

"우리는 우리가 할 수 있는 일을 해야만 했습니다. 그곳에서 위지호연과 싸우다 죽는 것이 협의라는 겁니까?"

"적어도 도망치는 것보다는 협의라고 할 수 있었겠지요."

"그건 만용입니다, 백 소저. 위지호연에게 도전하여 죽는 것은 협의가 아니라고 생각합니다. 살아 있다면, 살아만 있다면 더 많은 협의를 세울 수 있습니다."

"……사제."

백소고가 작은 목소리로 중얼거렸다.

"내 사제의 죽음을 방관하는 것도…… 협의인가요?"

"……일부는 되리라고 생각합니다."

터무니없는 말이다.

위선.

백소고가 작은 목소리로 중얼거렸다. 장득수는 아랫입술을 깨물었고 취걸은 대답하지 않았다.

"귀창은 영웅이었습니다."

"그렇게 말하지 말아요."

"……그러면 무어라 말해야 하겠습니까?"

"……점혈을 풀어주세요."

백소고가 취걸을 노려보았다.

"나는 당신과 함께할 수 없어요. 하고 싶지 않아요. 당신은…… 당신의 말이 위선이라는 것을 알지 못하는 것인가요?"

"현실에 대해 말하고 있을 뿐입니다."

"나는 이상을 위해 무림맹에 들어왔어요."

"백 소저가 위하는 이상은 뭡니까? 이 세상, 매일매일 어디 출신인지도 모르고 어떤 사상을 가지고 있는지도 모를 놈들이 소환되는 이 세상에서 악을 근절하는 것? 그건 불가능합니다."

백소고는 대답하지 않았다. 눈물기로 얼룩진 눈으로 취걸을 노려볼 뿐이었다.

그 시선을 아프게 느끼면서 취걸은 계속해서 말했다. 말해야만 했다.

"누구나…… 이상은 가지고 있을 겁니다. 하지만 이상대로 사는 것은 불가능해요. 그러니 타협하는 겁니다. 현실을 알고 있으니까."

"그만두겠어요."

알고 있다. 이상을 이룰 수 없다는 것을. 현실이라는 것은 이상만으로 살아가기에는 벅차다. 그러니 타협하는 것이다.

"나도 알아요. 내가 바라는 이상이 터무니없다는 것쯤은. 그럼에도 무림맹에 들어온 것은, 이곳이 내 이상과 그나마 맞는 곳이라고 생각했기 때문이에요. 하지만…… 이제는 아니에요."

"……내 의견이 무림맹 전체의 의견은 아닙니다."

"점혈을 풀어주세요."

백소고가 다시 한번 말했다. 취걸은 입을 다물고 백소고에게 다가와 그녀의 점혈을 풀어주었다. 비틀거리며 일어선 백소고는 숨을 크게 내뱉으면서 자신의 몸을 내려 보았다. 그러고는 조금의 머뭇거림 없이 손을 휘둘러 취걸의 뺨을 갈겼다.

요란한 소리와 함께 취걸의 머리가 홱 하고 돌아갔다.

"어, 어디로 가는 것인가?"

"이곳에 있고 싶지 않아요."

백소고가 내뱉었다.

"역겨워서."

취걸은 방을 나서는 백소고를 잡지 않았다. 그는 손을 들어 욱신거리는 뺨을 붙잡았다. 단순한 따귀라고 하기에는 너무 아팠다.

취걸은 쿡쿡 웃으면서 물었다.

"차인 걸까요?"

나사가 반쯤 빠진 것 같은 목소리였다.

위지호연이 보물 창고를 빠져나가면서 던전은 완전히 닫혔다. 그와 함께 이성민도 자연스레 던전 밖으로 나오게 되었다.

위지호연과 더 많은 이야기를 하지 못한 것에 아쉬움이 있기는 하였지만 그렇다고 해서 휘둘릴 수는 없었다. 1년은 긴 시간이 아니기 때문이다.

가까운 곳에 있는 마을의 여관에 들어오고서 이성민은 침대 위에 주저앉았다.

아프다.

이성민은 숨을 몰아쉬면서 팔을 꾹 눌렀다. 아무래도 며칠 동안은 쥐 죽은 듯 누워 있어야만 할 것 같다.

이성민은 낡은 천장을 올려다보면서 있었던 일들에 대해 곱씹었다.

백소고의 죽음을 막았다.

하지만 정확한 확인이 필요했다. 이성민은 그림자를 내려다보면서 네블을 불렀다.

"예."

네블이 솟구쳤다. 그는 피로에 절은 이성민의 얼굴을 보고 조금 놀란 표정을 짓기는 하였지만, 그렇다고 해서 질문을 하지는 않았다. 이성민은 네블의 얼굴을 보면서 말했다.

"묵섬광에 대한 정보를 구해주십시오."

"어떤 정보를 원하십니까?"

"그녀가 어디에 있는지."

"알겠습니다. 정보 길드를 통해 수소문해 보도록 하죠. 그 외에…… 다른 요구는 없으십니까?"

네블의 시선이 침대 옆에 놓은 창으로 향했다. 새로 받은 지 얼마 안 된 것인데 형편없는 꼴이다.

네블이 한숨을 쉬면서 말했다.

"이거야 원…… 셀게루스 님이 화낼 겁니다. 마이스터가 공들여 만든 무기가 저렇게 박살 날 줄이야. 드래곤이라도 잡으신 겁니까?"

"그럴 리가요."

"농담입니다. 상대가 드래곤이었다면 이성민 님은 이미 죽었겠죠. 원하신다면 셀게루스 님과 연결해 드리겠습니다."

"……아, 그 전에. 혹시 이게 뭔지 아십니까?"

이성민은 아공간 포켓 안에 손을 집어넣었다. 이성민이 꺼낸 것은 위지호연의 도플갱어를 쓰러뜨리면서 얻은, 주먹만 한 크기의 광석이었다.

그것을 본 네블의 눈이 동그랗게 떠졌다.

"잠깐…… 봐도 되겠습니까?"

네블이 조심스레 물었다. 어려운 요구도 아니었기 때문에 이성민은 네블에게 광석을 건네주었다. 주의 깊게 광석을 살피던 네블이 감탄을 터뜨렸다.

"맙소사. 이걸 대체 어디서 얻으신 겁니까?"

"……뭐길래 그럽니까?"

"이건 오리하르콘입니다."

네블이 눈을 빛내면서 말했다. 그 말에 이성민은 놀람을 감추지 못하고 입을 쩍 벌렸다.

오리하르콘이라는 금속에 대해서는 이성민도 알고 있었다. 그것은 에리아에 존재하는 무수히 많은 광물 중에서도 손에 꼽힐 만큼 희귀한 광물이었다.

"저는 대장장이가 아니기에 뭐라고 말씀드릴 수가 없지만, 제가 판단하건대 이 오리하르콘은 불순물도 거의 존재하지 않은 최상품입니다. 판매하신다면 성채 몇 개는 구입하실 수 있을 겁니다."

"그렇습니까?"

놀라기는 했지만 그 정도.

이성민은 마음을 진정시켰다. 전생에서는 소문만 들었을 뿐 단 한 번도 접해본 적 없는 광물이었지만 지금은 이성민의 소유가 되었다. 놀랄 것도 없다.

"마침 잘되었군요. 쓰던 창을 더 이상 쓸 수 없게 되었는데. 셀게루스 님에게 오리하르콘을 드려 무기 제작을 부탁드려야겠어요."

"바로 연결해 드리면 되겠습니까?"

"예."

이성민의 대답에 네블이 모습을 감추었다. 얼마 지나지 않아 이성민의 앞이 쩍하고 벌어지더니 셀게루스의 공방과 연결되었다.

"오리하르콘이라고?!"

얼굴을 보자마자 셀게루스가 비명처럼 외쳤다. 셀게루스의 얼굴에는 평소의 권태로움이 조금도 남아 있지 않았다. 그녀는 잔뜩 흥분한 얼굴을 하고서 이성민을 들여다보았다.

"정말이야? 오리하르콘, 그것도 제련되지 않은 원석을 가지고 있다고?"

"아…… 예. 그리고 죄송합니다만, 제가 가진 창이…….”

"그건 상관없어!”

셀게루스가 커다란 목소리로 외쳤다.

이성민은 셀게루스가 그렇게 큰 목소리도 낼 수 있다는 것에 놀랐다.

"줘봐. 일단 내가 직접 봐야겠어.”

"아…… 예.”

이성민은 곁에 나타난 네블에게 오리하르콘 광석을 넘겨주었다. 네블을 통해 오리하르콘을 넘겨받은 셀게루스는 크게 뜬 눈으로 오리하르콘을 훑어보면서 연신 탄성을 내질렀다.

"그러니까…… 그걸로 창의 제작을 부탁드리고 싶습니다만. 크기가 충분하지 않기는 하지만 가능할지…….”

"모르는 소리 마.”

이성민의 말에 셀게루스가 헛웃음을 흘리며 말했다. 그녀는 양손으로 오리하르콘 광석을 잡더니 마력을 불어넣었다. 그러자 주먹만 한 오리하르콘이 크게 부풀었다.

"이 정도로 불순물이 없는 오리하르콘이라면 창 한 자루는 거뜬해. 오히려 만들고도 남을걸.”

"그렇다면 남은 오리하르콘은 제작 보수로 하죠.”

이성민이 별생각 없이 그렇게 말하자 셀게루스가 눈을 크게 뜨고 이성민을 보았다.

"너 미쳤어?"

"······예?"

"남은 것을 보수로 하자고? 뭔 말도 안 되는······! 너는 진짜 모르는 모양인데, 이 정도 오리하르콘이라면 모든 대장장이가 보수 없이 제작을 맡으려 들 거야. 오리하르콘은 그만큼 희귀한 금속이라고."

"그렇다고 공짜로 부탁하기에는······."

"아니, 됐어. 보수는 필요 없어. 나도 제련되지 않은 오리하르콘을 다루는 것은 이번이 처음이니까. 차라리 창 말고 보조 무기를 만드는 것은 어때? 이 정도 오리하르콘이라면 단검 몇 자루는 더 만들 수 있을 거야."

"그렇다면······ 그것으로 부탁······."

[아니, 단검 말고 차라리 이 갑옷을 보수해라.]

이성민이 대답하려는 순간, 허주가 끼어들었다.

[이 갑옷도 매개로 쓸 정도는 되지만 내 힘을 온전히 감당하지 못하는 것은 똑같아. 오리하르콘은 마력 반응이 뛰어나니까 내 힘도 이전보다 잘 받아낼 수 있겠지.]

"······단검 말고, 이 갑옷을 오리하르콘으로 보수할 수 있을까요?"

"전부 다 하는 것은 무리인데······?"

[상관없다고 말해라.]

"상관없습니다."

오리하르콘 단검을 가지고 있어봐야 쓸 곳도 없다. 쓰지도 않는 단검을 가지고 있느니, 허주의 말대로 오리하르콘을 통해 마갑을 보수하는 편이 나을 것이다.

'그런데. 당신이 들어 있는데 마갑을 제련해도 되는 겁니까?'

[잠깐 동안 거처를 옮기면 된다. 저 반쪽짜리 창도 미스릴을 쓴 것이니, 내 혼을 잠깐은 담을 수 있겠지.]

이성민은 셀게루스에게 양해를 구한 뒤에 창을 잡았다. 마갑이 웅웅거리더니 희뿌연 연기 같은 것이 뻗어져 창 속으로 스며들었다.

[됐다.]

창이 웅웅거린다. 이성민은 마갑을 벗어 네블에게 건네주었다.

"······묘한 존재를 사역하고 계시군요."

[사역이라니, 새끼가 뒈질려고.]

허주가 으르렁거렸지만 네블은 그 소리를 듣지 못했다.

이성민은 순간 떠오른 것이 있어서 네블에게 부탁했다.

"허주에 대한 정보도 부탁드립니다."

"허주······?"

"네, 몇백 년 전에 이름을 날린 요괴라고 하더군요."

"알겠습니다. 묵섬광에 대한 정보와 함께 전해드리지요."

그것으로 에레브리사와의 거래는 끝났다. 이성민은 창을 내려놓고서 침대 위에 털썩 누웠다.

"⋯⋯피곤해."

이성민은 그렇게 중얼거리면서 눈을 감았다.

나른한 감각 속에서 이성민은 눈을 떴다. 익숙한 느낌이었기 때문에, 이성민은 어렵잖게 지금 무슨 일이 일어나고 있는 것인지 깨달았다.

'꿈?'

자각몽을 꾸는 것은 처음이 아니다. 므쉬의 산에서 꿈의 시련을 받았을 때, 악몽 속에서 이성민은 숱하게 자각몽을 꾸었었다. 그 시절에 꾸었던 꿈들은 지금 생각하기에도 몸서리칠 만큼 끔찍했다.

흔히들 자각몽이라고 한다면 꿈속에서 바라던 대로 꿈이 바뀌는, 그런 것을 기대하겠지만 이성민이 겪었던 자각몽은 그런 편리한 것이 아니었다.

그래서 이번에도 기대하지 않았다. 이성민은 몸을 일으켜 주변을 둘러보았다.

"일어났나?"

목소리.

이성민은 놀라지 않고 소리가 난 방향을 바라보았다. 악몽과는 다르다. 보통의 꿈과도 다르다. 감각적인 면에서는 데니르의 권능을 통해 들어갔던 정신세계와 닮아 있었다.

목소리의 주인은 허주였다.

그는 흔들리는 요력을 몸뚱이로 삼고 있었다. 얼굴이 있어야 할 곳에는 눈도 코도 입도 없었다. 몸 전체가 그랬다.

"왜 그런 모습을 하고 있는 거냐?"

"내 진짜 모습을 보고 싶은 것이냐?"

허주가 큭큭 웃으면서 물었다. 이성민은 왜 자신의 꿈속에 허주가 있는 것인가 궁금하였지만, 우선 머리를 끄덕거렸다.

그 말에 허주의 몸을 이루고 있던 요력이 크게 부풀었다. 이윽고 그것은 뼈가 되고 살이 되었다.

허주는 이성민보다 머리 하나는 큰 키에 쩍 벌어진 어깨를 가진 거한이 되었다.

손은 머리 하나는 우습게 손으로 감싸 으깰 수 있을 만큼 컸다.

"생각했던 것보다 인간처럼 생겼군."

이성민은 무덤덤한 목소리로 평했다. 대요괴라고 하기에 뿔과 이빨, 손톱을 가진 흉측한 괴물의 모습을 상상했는데 막상 본 허주의 본 모습은 키와 덩치가 크다는 것을 제외하고 인간과 크게 다를 것이 없는 모습이었다.

"요괴는 인간과 닮아 있으니까. 굳이 분류하자면 요괴는 몬스터가 아닌 아인이다."

"오크 같은?"

"그런 저열한 놈들과 비교하지는 마라."

허주는 그렇게 투덜거리면서 팔을 붕붕 돌렸다.

"진짜는 아니지만, 오랜만에 몸뚱이를 갖게 되니 기분은 좋군."

"왜 네가 이곳에 있는 거냐?"

"시험 삼아서 해보았다. 네놈에게 힘을 빌려주면서 네놈과 영적으로 연결되었거든. 그래서 할 수 있나 해보았는데…… 네놈이 잠들어 있는 중에는 꿈에 개입할 수 있더군. 육체를 통제할 수는 없었지만."

"해보긴 한 모양이군."

"좋은 기회였으니까 말이다. 하지만 실패해 버렸어. 네놈에게 어린 가호는 나의 힘으로도 뚫을 수가 없더구나. 잠자는 숲에서는 네놈의 정신력을 뚫지 못했는데…… 이번에는 정신력이 아닌 다른 힘에 밀려 버렸어. 어지간한 존재라면 네놈의 정신을 장악할 수 없을 것이다."

짚이는 것이 있었다. 프레스칸의 정신 마법은 이성민의 가호를 뚫지 못했다.

"그래서 볼일은 끝났나? 그렇다면 나가줬으면 좋겠는데. 피곤해서 자고 싶거든."

"물어보고 싶은 것이 몇 가지 있다."

이리 와라.

허주가 이성민에게 손짓했다.

이성민은 미간을 찡그리기는 했지만 허주와 가까운 곳으로 다가왔다.

"뭐냐?"

"말하지 않았냐. 물어보고 싶은 것이 몇 가지 있다고."

"그러니까 뭔데."

"네놈, 뭐 하는 놈이냐?"

허주가 곧바로 질문했다.

"네놈에게 요력을 빌려주었을 때, 그때의 나는 네놈과 영적으로 강하게 연결되면서 네놈의 감정 일부를 전해받을 수 있었다. 그 반편이 괴물과 싸웠을 때 네놈이 느끼던 감정 말이다. 그리고 그 이후에 그 인간 같지 않던 계집과 대했을 때의 감정도."

"마음대로 읽어대는군."

"느껴졌을 뿐이다. 그건 내가 어찌할 수 없는 것이야."

"정확히 뭘 듣고 싶다는 거냐?"

"네놈이 여태까지 뭘 하고 살았는지. 그리고 네놈과 그 계집의 관계. 네놈이 앞으로 하고 싶은 것."

"듣고 싶은 것이 참 많으시군. 내가 왜 말해줘야 하는 거냐?"

"네놈과 앞으로 제법 오랫동안 지내야 할 텐데 서로에 대해 알아서 나쁠 것은 없지 않나? 그리고 네놈은 나에게 빚이 있어."

"빚?"

"내가 도와주지 않았다면 네놈은 그 반편이와 싸우던 중에 죽었을 것이다."

안다.

그때 허주가 요력을 보태주지 않았더라면 이성민은 위지호연의 도플갱어를 감당하지 못했다.

지금 이성민이 이 몸뚱이로 펼칠 수 있는 구천무극창은 사초인 구룡살생까지가 한계였고, 무영탈혼은 삼식인 이보겁살이 한계였다.

그 이상의 무공은 알고 있고 정신세계에서 펼쳐 본 경험이 있다고는 하나, 지금의 몸으로는 온전히 펼칠 수가 없었다.

사실 그것은 말도 안 되는 일이었다. 이성민의 몸은 환골탈태를 거친 완전한 초절정 무인의 것이다.

구천무극창과 무영탈혼이 아무리 뛰어난 무공이라고 해도 초절정의 몸뚱이로 펼치는 것이 불가능할 리 없다.

내공이 부족한 것도 아니다.

이성민이 가진 내공은 여타 고수들과 비교한다면 오히려 많은 편에 속한다.

펼칠 수 없는 이유는, 무공의 수준이 높은 것보다는 이성민이 '기억하는' 무공의 수준이 높기 때문이다.

심득이 겪은 무공의 수준이 높기 때문에 육체가 따르지 못한다.

요력의 보조를 받았을 때에는 구천무극창의 육초인 공도까지 펼칠 수 있었지만, 만약 지금의 몸뚱이로 공도를 시도했다간 제대로 펼쳐지지도 않을 것이다.

"······내가 마음에 들어서 도와줬다는 것 아니었나?"

"그것도 사실이기는 하지. 순순히 말해줄 생각은 없나?"

"말해서 뭐 하자고."

"부끄러운가?"

"그것도 조금 있기는 해."

"새끼, 비싸게도 구는군. 네놈, 알고는 있냐? 네놈에게는 문제점이 하나 있어."

"그건 또 무슨 말이냐?"

"자기 궁금한 것만 챙겨 들으려는 이기적인 새끼야. 알고 싶거든 이 어르신이 궁금해하는 것에 대해 말해보거라."

허주가 으름장을 놓았다.

이성민은 떨떠름한 얼굴을 하고서 허주를 바라보았다.

사실 허주가 물어보는 것들에 대해 말해주는 것은 크게 어려운 일은 아니었다.

다만 내키지 않을 뿐이다.

그렇다고 무시하기에는 허주가 말한, '문제점'이라는 것이 마음에 걸렸다.

이성민은 짧은 한숨을 내쉬면서 입을 열었다. 어차피 허주는 이성민이 죽어서 돌아왔다는 것을 알고 있었기 때문에 숨길 것은 없었다.

이성민은 허주에게 많은 이야기를 들려주었다.

제나비스에서 위지호연과 만나고, 위지호연과 어떤 식으로 얽히게 되어 무슨 약속을 나누었는지.

그리고 므쉬의 산에서 백소고와 만나고, 수행 끝에 므쉬의 산에서 내려와 베헨게르에서 있었던 일들. 프레스칸과 검은 심장, 아이네, 소림에서의 수행과 화산…… 데니르까지.

이야기가 길었기 때문에 허주는 바닥에 앉아서 그 이야기를 들었다. 팔짱을 끼고 심드렁한 얼굴로 이야기를 듣던 허주는 이성민의 말이 끝나자 바로 입을 열었다.

"마법은 왜 안 쓰는 거냐?"

"……어?"

대뜸 말한 허주의 말에 이성민은 눈을 동그랗게 떴다.

'어……' 하고 말꼬리를 늘어뜨리면서 이성민은 상태창을 띄웠다.

"아."

잊고 있었다.

므쉬의 산에서 이성민은 스칼렛에게 몇 가지의 마법을 배웠다.

패티그 리커버리, 멘탈 클리닝, 스트렝스, 헤이스트.

사실상 이성민이 므쉬의 산에서 버틸 수 있었던 것은 저 네 가지 마법의 보조가 있었기 때문이다.

"네놈에게서 마법의 느낌이 나. 정확히 무슨 마법을 배운 것인지는 모르겠지만."

"……보조 마법을 몇 가지."

"버프 종류냐?"

"그것도 있는데……."

"이 병신 새끼. 그런 것들을 배워놓고서 왜 안 쓰는 거야? 무공이랑 마법을 같이 병행하면 뒈지는 병이라도 걸린 것이냐?"

허주가 신랄하게 욕을 쏘아붙였다. 이성민은 할 말이 없어서 입을 다물었다.

마지막으로 마법을 사용한 것이 언제였더라?

정신세계에서의 수행에서는 무공만 죽어라 사용했고, 그 기억을 그대로 갖게 되면서 마법의 존재 자체를 잊고 있었다.

"공격 마법과 무공을 병행한다면 둘 중 하나도 제대로 쓰지 못하는 병신이 될지도 몰라도, 보조 마법이라면 무공과 충분히 병행할 수 있다. 해보기는 했냐?"

"옛날에는……."

"병신 새끼."

허주가 이죽거렸다. 그러다가 그는 벌떡 몸을 일으켰다.

"뭐, 그건 그렇다고 치고. 나는 네놈이 꽤 마음에 들었다."

"……왜?"

"우직한 멍청이는 좋아하거든."

허주가 이를 드러내며 웃었다.

"까놓고 말하지. 여기서 1년이 더 흐른다고 해서 네놈이 그, 위지호연이니 소천마니 하는 계집과 같은 위치에 서는 것은 불가능하다."

"나도 알아."

"신의 시련은 까다롭지. 정신세계에서 2100년을 수행했다고? 큭큭! 어쩐지, 네놈이 가진 재능 이상의 무공을 쓰더니…… 부족한 재능을 어마어마한 시간으로 보충했구나. 2100년 동안 그 지랄을 해서 고작해야 그 정도라는 것이 우습기는 하다만."

"무시당할 정도로 약한가?"

"인간 이상의 힘임은 인정해 주마. 하지만 인간을 초월한 이와 견주기에는 많이 부족하지."

허주가 단언하여 내뱉었다.

"그 계집은 인간을 초월해 가고 있다. 네놈이 정녕 그 계집과 동등하게 되고 싶거든 너 역시 그렇게 되어야겠지. 정신세계에서의 무위를 그대로 가지고 와도 부족해."

"……그건 어쩔 방법이 없지."

"인간이 아니게 될 방법은 많다."

허주가 눈을 가늘게 뜨고서 이성민을 보았다.

이성민은 그 알 듯 모를 듯한 시선을 보면서 머리를 갸웃거렸다.

"가장 쉬운 방법은 흡혈귀가 되는 것이다. 혹은 라이칸슬로프가 되든가. 놈들은 인간이면서 인간이 아니게 된 가장 흔한 놈들이지. 방법도 어렵지는 않아."

"그러고 싶지는 않아."

'흡혈귀'라는 말에 이성민은 검귀를 떠올렸다. 그리 좋은 기억은 아니었다.

"인간으로 남고 싶다는 고집이냐?"

"그런 것은 아니야. 그럴 필요를 크게 느끼지 못할 뿐이지."

"크크! 나도 추천하지는 않는다. 흡혈귀나 라이칸슬로프의 상하관계는 절대적이거든. 네가 흡혈귀가 된다면 너를 흡혈귀로 만든 모체에게 절대로 거역할 수가 없게 된다. 또한 귀찮은 제약들이 생겨나지."

"무슨 말을 하고 싶은 것이냐?"

"요괴가 되는 방법도 있다."

허주의 눈이 빛났다.

"요괴라는 것은 몬스터와 아인 둘 모두에 속하는 존재다. 인간이 요괴로 변한 것도 있고, 그냥 태어난 놈도 있고, 요괴와 요괴가 떡을 쳐서 태어난 놈들도 있지."

"……나보고 요괴가 되라는 거냐?"

"방법 중 하나라는 거지. 요력은 너도 경험해 보지 않았느냐? 애초에 네놈의 심장은 인간의 것이 아닌 괴물의 것이야. 그것을 중심으로 두고 내 요력으로 인해 변이한다면 아주 재밌는 존재가 될 수 있을 것이다."

허주가 확신을 갖고 말했다.

하지만 이성민은 그리 내키지 않았다. 여태까지 인간으로 살았는데, 대뜸 인간이 아닌 요괴가 되라는 것을 쉽게 받아들일 수 없는 것은 당연한 일이었다.

허주는 이성민의 표정을 보면서 껄껄 웃었다.

"뭐, 그런 방법도 있다는 것이다. 네놈이 마음에 드니 알려 주는 것이지. 그리고 이것은 나쁘지 않은 기회임을 알거라. 이 어르신의 은총을 받는 것이니까."

허주는 그 말을 남기고서 안개가 되어 사라졌다. 이성민은 꿈이 닫히는 것을 느끼고서 한숨을 푹 내쉬었다.

"멋대로 남의 꿈에 들어오고선 제 할 말만 하고 사라지는군."

그렇게 투덜거렸을 때 이성민의 의식은 멀어졌다.

새가 지저귀는 소리에 눈을 떴다. 이성민은 몸을 덮고 있던 이불을 손으로 밀어냈다. 근처에서 고른 숨소리가 들리기에 시선을 내리니 침대 아래에서 루비아가 웅크리고 자고 있는 것이 보였다.

"잊고 있었군."

이성민은 그렇게 중얼거리면서 몸을 일으켰다. 그는 루비아의 몸을 들어다가 침대 위에 올려놓았다.

잠귀가 어두운 것인지 루비아는 쌕쌕거리는 숨소리만 낼 뿐 눈을 뜨지는 않았다. 근처에 세워놓은, 허주가 깃든 창이 웅웅거렸다.

[오늘은 뭘 할 거냐?]

'아직 몸이 완전히 회복되지 않았어.'

포션을 연달아 먹어두기는 했지만 아직 문제가 많았다. 이성민은 허주를 무시하고서 바닥에 앉았다. 그리고 아공간 포켓에서 쪼개놓은 대환단의 반쪽과 마석을 꺼냈다.

먹어도 큰 문제는 생기지 않을 것이라고 허주가 말했었다.

이성민은 우선 대환단의 반쪽을 입에 넣었다. 내공은 운기조식 없이 그대로 단전에 쌓였다. 단전은 며칠 전과 비교해서 굉장히 커져 있었다.

소림 최고의 비전 영약인 대환단을 먹었으니 당연한 일이었다. 이성민은 단전의 크기를 확인하고서 마석도 흡수했다.

'왜 던전에 눈이 뒤집히는 줄 알겠군.'

마석으로 인해 증진된 내력을 확인하고서 이성민은 혀를 내둘렀다.

이성민이야 마석의 이점에 크게 구애되지 않지만, 정제 과정 없이 그 즉시 힘의 증진을 얻는다는 것은 대단한 일이다.

마석이 증진시킨 내공의 양은 대환단과 비교해도 크게 꿀리지 않을 정도였다.

이렇게 효율 좋은 마석뿐만이 아니라, 마이스터 대장장이가 눈을 뒤집을 정도로 순도 높은 오리하르콘까지 얻을 수 있으니 많은 사람이 던전을 찾아 헤매는 것은 당연했다.

'그러고 보니 항룡십팔장도 있었지.'

이성민은 항룡십팔장의 비급을 아공간 포켓에서 꺼냈다.

이것을 어떻게 처분할까.

에레브리사를 통해 판매할까 싶기도 하였지만, 백보신권의 전례가 있기 때문에 그리 좋은 가격을 받을 수 있을 것 같지는 않았다.

'개방 쪽에 가져다줄까.'

물론 당장은 아니다. 우선 에레브리사를 통해 의뢰한 백소고와 허주에 관련된 정보를 받아야 한다. 그다음에는 프레스칸을 추격해야만 했고.

'북쪽으로도 가야 해.'

불영대사에게 깃든 신령이 말했던 북쪽에도 볼일이 있다.

겨울까지 가야 하니 아직은 여유가 있기는 했지만 개방에 들를 만한 여유는 없다.

이성민은 자하신공을 운용하며 운기조식에 들어갔다. 그러던 중에 이성민은 단전의 바닥에 있는 기묘한 힘의 존재를 의식했다. 내공과 섞이지 않고 혼자 고여 있는 그 힘은 요력이었다.

'이건 또 뭐야?'

이성민은 운기조식을 멈추고 허주에게 말을 걸었다. 그 말에 허주가 심드렁한 얼굴로 대답했다.

[내 잔재로군. 네놈과 내가 영적으로 연결된 흔적이다.]

'거슬리는데. 치울 수는 없나?'

[내버려 둬라.]

'이 요력이 나에게 악영향을 주는 것은 아닌가?'

[몸뚱이에 괴물의 심장을 박고 있으면서 별 시답잖은 것을 걱정하는군. 아무 문제 없으니까 그냥 둬.]

허주의 대답에 이성민은 입맛을 다시면서 머리를 끄덕거렸다. 자하신공에 몰입하면서 이성민은 무아지경에 들어섰다.

호흡할 때마다 어마어마한 양의 내공이 이성민의 몸을 휘감았고 자하신공의 자색 기운이 주변을 떠돌았다.

눈을 떴을 때는 이미 정오가 되어 있었다.

루비아는 잠에서 깨어나 있었다.

이성민은 호흡을 고르고서 몸을 일으켰다. 그는 침대 위에 앉아 있는 루비아를 돌아보면서 물었다.

"잘 잤습니까?"

"……바닥에서 잤던 것 같은데."

"거슬려서 옮겼습니다."

"말 참 예쁘게 하시네요. 나는 걱정돼서 당신이 완전히 잠들 때까지 곁에서 보고 있었는데."

"걱정할 것이 뭐가 있었습니까?"

"죽기 직전까지 가고, 아프다고 뒹굴면서 비명까지 질렀던 사람이."

"비명은 안 질렀습니다."

"소리 없는 비명은 질렀죠. 어쨌든, 걱정돼서 보고 있었다고요. 제대로 씻지도 않고 자는 것 같아서 마법으로 몸도 씻겨드렸고."

루비아가 쏘아붙였다.

어쩐지. 피곤하고 힘들어서 씻지도 않고 바로 곯아떨어졌는데 몸이 깨끗하더라니.

"서비스가 좋으시군요."

"냄새가 심했거든요."

루비아가 코를 부여잡으면서 놀리듯이 말했다.

이성민은 그 말을 무시하고서 벽에 걸쳐 세워놓은 창을 들었다.

"어디 가는 거예요?"

"몸이 꽤 나아져서. 바깥에서 몸이나 좀 풀어야겠습니다."

"그냥 푹 쉬는 게 어때요?"

"걱정해 주는 겁니까?"

"그러면 안 되나요? 나는 당신을 죽게 내버려 둘 수가 없어요. 그랬다가는 주인님의 명령을 수행하지 못하게 되니까."

"어디에 있는지도 모를 놈인데."

이성민은 엔비루스를 떠올리면서 투덜거렸다. 그 말에 루비아는 조금 기가 죽은 것인지 고양이 귀를 축 늘어뜨렸다.

"······반드시 찾아오실 거예요. 당신과 만나고 싶지 않은 것이었더라면 저를 남기지도 않았을 테니까."

"엔비루스가 당신을 버린 것일지도 모르는 것 아닙니까?"

"그럴 리가······ 없잖아요."

대답하는 루비아의 목소리에 확신은 없었다. 던전에 들어가기 이전까지만 해도 루비아는 엔비루스가 반드시 찾아올 거라는 확신을 가지고 있었다.

하지만 던전에서 겪은, 죽음이 코앞까지 다가온 사건들은 루비아가 가진 맹목적인 신뢰를 조금 흩뜨리기에 충분했다.

그녀는 엔비루스에게서 만들어져 엔비루스를 위해 살아왔다. 위험이 없었던 것은 아니지만, 그녀가 엔비루스와 함께 겪었던 위험들은 그녀를 사역하는 강력한 주인을 위협하기에는 나약한 것들이었다.

하지만 지금 엔비루스는 곁에 없다. 죽을 뻔했다. 허주의 도움이 없었더라면 죽었을 것이다.

"장난으로 한 말입니다."

이성민은 우울하게 젖어가는 루비아의 얼굴을 보면서 중얼거렸다.

"엔비루스가 당신을 버린 것이라면 이런 식으로 나한테 인도하지도 않았겠지요."

"……하지만 나는 죽을 뻔했어요."

"'우리'가 죽을 뻔했죠. 결국 죽지 않았고요. 그리고 앞으로도 안 죽을 겁니다."

루비아는 입술을 우물거리면서 이성민을 보았다.

이성민은 그녀의 눈을 보고 어깨를 으쓱거리고선 밖으로 나갔다.

이성민이 급하게 숙박한 여관은 이 마을에서 유일한 여관으로, 굉장히 낡은 건물이었다.

마을의 규모는 제법 크기는 했지만 성벽으로 둘러싸인 도시와는 다르게 마을은 언제나 위험이 인접해 있다. 도시 성주의 관리를 떠난 곳이기 때문에 치안도 좋지 않다.

1층은 지저분한 술집이자 식당이었다. 부랑자와 다를 것 없는 몰골을 한 자들이 모여들어 싸구려 술과 음식을 대낮부터 퍼먹고 있었고 용병처럼 보이는 이도 많았다.

이성민은 그들에게 시선 하나 주지 않고서 아침이자 점심으로 먹을 음식을 주문했다. 따라 내려온 루비아가 이성민의 곁에 붙어 앉았다.

"……냄새."

루비아가 작은 목소리로 중얼거렸다. 위생은 그리 좋아 보이지 않았고 나온 음식의 맛도 그저 그랬다.

깨작거리며 하는 식사가 끝나가던 중이었다. 누군가가 발을 질질 끌면서 이성민 쪽으로 다가왔다.

"이 마을에서는 처음 보는 얼굴이구료."

입을 열 때마다 악취가 풍긴다. 루비아가 질색하면서 얼굴을 일그러뜨렸고 이성민은 시선을 돌려 그쪽을 보았다.

얼굴에 시커먼 반점을 박고 있는 늙은 거지가 이성민을 보고 있었다.

"적선이라도……?"

"개방입니까?"

이성민이 대뜸 물었다. 애초에 숨기려고도 하지 않은 모양이었다. 거지는 악취가 나는 입을 벙긋거리며 웃었다.

"그러는 그대는 귀창이쇼?"

소곤거리는 목소리는 낮았다. 여관에서 떠들어 대는 소리에 묻힐 정도로.

이성민은 거지를 물끄러미 올려 보았다.

"개방과 악연을 맺은 적은 없는데."

"끌끌! 어린 대협은 뭔가를 오해하고 계시구료. 그냥, 이 작은 마을에 범상치 않은 고수가 있기에 호기심에 물어보았을 뿐인데."

"맞습니다."

조금 늦게 대답했다.

"내가 귀창입니다. 뭐 문제가 됩니까?"

"이 마을과 멀리 떨어지지 않은 곳에서 던전이 열렸고, 소천마 위지호연이 그 던전을 닫았다고 하더구려."

"소문이 빠르군."

"끌끌! 마법이 참 편리하지 않소?"

"뭘 묻고 싶은 겁니까?"

"우리 개방의 어린 영웅이 그 던전에서 왼팔이 잘려 간신히 살아 나왔소. 초절정 고수인 역발산 장득수와 묵섬광 백소고도 함께 빠져나왔지. 문제는 그 영웅들이 목숨만 부지하고 도망친 것이 고작이라, 던전에서 정확히 무슨 일이 벌어지고 마지막이 어찌 되었는지 알지 못한다는 것이오."

그 말에 이성민의 눈이 떠졌다. 그리고 안도했다. 백소고가 무사히 던전에서 나왔다는 것이 이성민을 안도하게 한 것이다.

"무엇이 궁금한 겁니까."

"귀창, 그대는 어떻게 살아 나온 것이오?"

거지가 묻는다. 이성민은 대답하지 않고 거지의 눈을 물끄러미 들여다보았다.

잠시 뒤에 이성민의 입이 열렸다.

"살아 나올 만한 짓을 하였으니까 살아 나왔겠지."

"흐흐! 이 늙은 거지가 그대를 불쾌하게 한 것인가?"

"아니, 그건 아니오. 그냥 제대로 말해주고 싶지 않을 뿐이지."

"어떤 이유로?"

"빙빙 돌려 말하지 말고 제대로 물으십시오. 위지호연이 그 던전에서 무엇을 얻었느냐고."

그 말에 거지가 입을 다물었다.

이성민은 작은 짜증을 느꼈다. 애초에 그는 정파 무림맹이 위지호연을 견제하고 통제하려는 이유에 대해 납득하지 못하고 있었다.

따지고 보면 위지호연이 대단한 악행을 저지른 것도 아니지 않나. 그런데 그들은 멋대로 위지호연을 악으로 규정짓고 그녀를 감시하고 통제하려 들었다.

그에 대해서는 장득수가 떠들어 대던 말을 통해 파악했다.

"……위지호연이 그 던전에서 무엇을 얻었소이까?"

"못 봤습니다."

그러니 거짓말을 했다.

"던전은 끔찍했고, 나는 살아남는 것이 고작이었습니다. 위지호연 본인과는 만나지도 않았습니다. 간신히 목숨을 부지하던 중에 던전이 닫혔고, 그곳에서 강제로 나오게 되었습니다. 그것이 전부입니다."

이성민의 말의 진위를 판단하는 것인지 거지는 눈을 가늘게 뜨고서 침묵했다. 잠시 뒤에 거지가 머리를 끄덕거렸다.

"협조해 주셔서 고맙소."

"아, 그리고."

이성민은 품에 손을 넣었다. 그는 동전 몇 개를 꺼내 거지에게 건네주었다.

"적선."

"……끌끌! 복 많이 받으십쇼."

거지가 너털웃음을 터뜨리면서 몸을 돌렸다. 이성민은 떠나가는 거지의 등을 보면서 한숨을 삼켰다.

'이런 식으로 또 얽히게 되는군.'

인연이라는 것은 의도하든 하지 않았든 결국 얽히게 되는 법이다.

식당 전체를 본다. 구석에 처박힌 부랑자들이 이쪽을 보고 있었다.

모두가 개방이겠지.

대단한 고수들은 아니었지만 개방이 까다로운 것은 고수가 아니라 '숫자' 때문이다.

사람이 모인 곳에는 반드시 거지가 있다. 다른 문파들은 색목인을 거부하는 경향이 심했지만, 개방은 아니었다. 그들은 누구나 받아들인다.

이성민은 말없이 몸을 일으켰다. 며칠 정도 이 마을에 묵으면서 몸을 점검할 생각이었는데 그럴 수는 없을 것 같았다. 주시자의 존재가 거슬린다.

이성민은 숙박료를 지불하고서 바로 여관을 나왔다. 애초에 짐이랄 것도 없었으니 챙길 것도 없었다.

"어디로 가려는 거예요?"

"우선 북쪽으로 방향을 잡을 겁니다."

그곳까지 가면서 얻은 정보를 정리하고 제대로 된 방향을 잡을 생각이었다.

이성민의 대답에 루비아는 자그마한 빛으로 모습을 바꾸어 이성민이 두른 망토 안으로 몸을 숨겼다.

서두르지 않고 마을을 빠져나갔다. 추격하는 기미는 없었나.

하지만 감각에 무언가 거슬렸다. 등에 걸친 허주가 웅웅거리는 소리를 냈다.

[마법이군.]

'개방이 마법도 쓰나?'

[나야 모르지. 하지만 감시가 붙은 것은 확실해. 어쩔 테냐?]

'내버려 둔다. 괜히 건드렸다가는 더 귀찮게 굴 거야.'

개방 쪽에서 자신을 주시하는 이유는 알 수가 없었다.

던전에서 살아 나왔다는 것이 그들이 신경 쓸 만한 이유가 되나?

아니면 위지호연과의 관계를 의심하고 있는 것일까.

어느 쪽이든 마음에 들지 않는 것은 사실이었다. 그렇다고 개방의 추격을 뿌리칠 수는 없었다. 개방이 얼마나 집요한 존재인지는 이성민도 소문을 통해 잘 알고 있었다.

'설마 취걸, 그놈이 혈혈노파에게 던져두고 갔던 것 때문에 속 좁게 구는 것은 아니겠지.'

따지고 보면 제대로 버림받은 것은 이쪽인데 말이야.

이성민은 투덜거리면서 앞으로 걸었다.

'새'는 그런 이성민의 뒤를 쫓고 있었다.

이성민이 아직 경공을 펼치지 않아 추격하는 것에 큰 어려

움은 없었다. 새의 눈은 지상을 빠른 걸음으로 걷고 있는 이성민의 움직임을 살폈고, 새가 본 것은 그 새를 사역하고 있는 마법사에게 전해진다.

그리고 마법사가 본 풍경은 마법을 통해 계속해서 전달되어, 먼 곳에 떨어진 크론까지 전해진다.

타임 딜레이가 조금 있기는 했지만, 아득하게 떨어진 거리를 무시하고 살펴볼 수 있는 것은 무공으로는 불가능한, 마법만이 가능한 일이다.

"살아 있었군."

취걸은 수정 구슬에 손을 올리고서 중얼거렸다.

마법사 길드의 중추와 협력을 맺은 개방은 에리아 전역에 눈과 귀를 가지고 있다.

그렇다고는 하나 이렇게 실시간으로, 지속적으로 감시받는 대상은 많지 않다.

취걸은 개방 소방주라는 자신의 권한을 사용해 이성민의 위치를 확인하고 감시 대상으로 골랐다.

'죽었을 것이라고 생각했는데.'

당연히 그렇게 생각했다.

상대는 소천마 위지호연의 도플갱어. 도플갱어가 본인보다는 크게 약하다고는 하나, 소천마 본인이 가진 강함을 생각한다면 도플갱어 역시 압도적인 힘을 가지고 있을 것이다.

취걸은 자신의 판단이 틀렸다고 생각하진 않는다. 그는 왼팔이 잘린 큰 부상을 입었고, 장득수 역시 혈혈노파와의 싸움으로 지쳐 있었다.

그것은 백소고도 마찬가지였으리라.

귀창의 실력은 추측되지 않았고, 무리한 싸움을 벌였다가는 전멸할 가능성이 컸다. 그래서 도주를 택했다. 취걸이 판단하기에는 그것이 옳았기 때문이다.

그곳에서 귀창이 죽었더라면 취걸은 자신의 판단이 옳았음에 확신을 가질 수 있었을 것이다. 그리고 백소고에게도 당당할 수 있었을 것이다.

내가 당신의 목숨을 구했노라고.

비록 당신은 그를 납득하지 못하여 나의 뺨을 갈겼지만, 결국에는 내가 당신을 구한 것이라고.

'죽었으면 좋았을 텐데.'

취걸은 쓴웃음을 지으면서 생각했다. 백소고는 떠났다. 그녀는 무림맹에 일방적으로 탈퇴를 선언했고, 무림맹이 그를 받아들이는 것을 기다리지 않고서 이 도시 크론을 떠났다. 크론을 떠난 백소고가 어느 곳으로 갔는지는 아직 확인하지 못했다. 감시 대상으로는 두지 않았기 때문이다.

'마음에 안 들어.'

취걸은 수정구를 내려다보았다. 반토막 난 창을 등에 걸친 이성민이 걷는 모습이 보인다.

왜 자신의 사제를 버린 것이냐고, 그렇게 부르짖던 백소고의 모습이 머리를 스친다. 그래서 더 마음에 안 드는 것이다. 그렇게 외치던 백소고의 모습이 마치.

"질투라는 것은 추하군."

취걸은 너털웃음을 흘리며 중얼거렸다.

마을과 거리를 둔 시점에서 이성민은 경공을 펼쳤다. 단순히 경공을 펼친 것은 아니었다.

경공의 속도가 오른 시점에서 헤이스트를 펼친다. 마법을 펼치기 위해서는 마력을 사용해야 하지만, 스킬로 익힌 마법은 편리하기 짝이 없다. 내공이 지속적으로 소모되면서 헤이스트의 속도가 더해진다.

'웃.'

순식간에 더해진 속도에 적응이 안 된다.

하지만 곧바로 적응했다.

이성민은 보이는 장애물을 피하거나 뛰어넘으면서 헤이스트와 무영탈혼의 결합이 만들어낸 속도에 몸을 맡겼다.

'장기적으로 펼치는 것은 그리 좋지 않아.'

이성민이 보유한 내공이 많기는 하지만, 무영탈혼과 헤이스트의 내공 소모가 워낙에 컸다. 내공에는 아직 여유가 있었지만 이성민은 한참을 달리다가 멈추었다.

'실전에서 써먹으면 좋겠군.'

헤이스트가 더해짐으로써 의외성을 줄 수 있다. 창법에 녹여내기에는 시행착오가 제법 필요해 보였고, 헤이스트뿐만이 아니라 스트렝스까지 가미한다면 익숙해지기까지 꽤 시간이 필요할 것이다.

'나는 재능이 없으니까.'

이성민은 피식 웃으며 생각했다. 감시의 기척은 없다. 아마 감시 마법이 이성민이 달리는 속도를 따르지 못하고 뒤처진 모양이었다.

"나오셔도 됩니다."

이성민이 말이 끝나자 그림자 속에서 네블이 몸을 꺼냈다. 그는 이성민을 향해 꾸벅 머리를 숙였다.

"요구하신 정보를 전해드리겠습니다."

네블이 수정구를 꺼내며 말했다. 이성민은 머리를 끄덕거리며 수정구를 받았다.

정보를 전해 듣고서 이성민은 회색으로 변한 수정구를 바스러뜨렸다. 그 가루를 바람에 흩날리고서 이성민은 생각에 잠겼다.

백소고는 살아 있다. 개방의 늙은 거지에게 전해 들어 그 사실은 알고 있었지만 에레브리사를 통해 확실한 정보를 들었다.

'사저가 무림맹을 탈퇴했다고?'

탈퇴 자체가 갑작스러운 일이라고 했다. 무림맹 탈퇴를 선언한 백소고는 도시 크론을 떠나 남하하고 있다고 했다. 에리아는 워낙에 땅덩이가 넓어 방향만 두고서는 어디로 가는 것인지 정확히 아는 것이 불가능했지만, 크론이 있는 곳에서 남쪽으로 향한다면…….

'나를 걱정하는 거야.'

크론에서 던전까지는 굉장히 멀다. 던전에서의 스크롤을 사용해 순식간에 크론으로 텔레포트 했던 모양이지만, 보통 방법으로 크론에서 던전까지 가려면 몇 달이 걸린다.

백소고가 밥 먹고 잠자는 시간까지 줄이며 내공 회복 포션을 물처럼 마셔 경공을 펼친다고 가정해도 한 달은 넘게 걸릴 것이다.

"혹시 묵섬광에게 편지를 보낼 수 있을까요?"

"어려운 일은 아니죠."

네블이 머리를 끄덕거리며 대답했다. 어디에 있든 모습을 드러내는 네블을 보면, 에레브리사의 중개인들에게는 '거리'라는 개념은 그리 중요하지 않은 듯했다.

"저를 묵섬광이 있는 곳까지 이동시켜 주는 것은 불가능합니까?"

"그건 불가능합니다."

혹시나 해서 했던 질문이었지만 예상대로 네블은 머리를 가로저었다.

"저희는 공간에 구애받지 않습니다. 하지만 이성민 회원님은 아닙니다. 저희와 같은 방법으로 공간이동을 하셨다가는 공간 간의 격류를 견디지 못해 육체가 박살 날 겁니다."

네블은 진지한 얼굴로 그에 대해 충고했다.

"장거리 텔레포트 스크롤을 구해드릴 수는 있지만, 그것은 그리 편리한 도구는 아닙니다. 보통은 지정해 둔 좌표로만 이동하는 것이 고작이니까요. 게다가 그런 스크롤은 굉장히 비쌉니다. 텔레포트 스크롤이 고가인 이유는 이동하는 '시간'을 구입하는 개념이기 때문이죠."

"……그렇다면 편지 배달 정도는?"

"그거야 무리는 없죠. 제가 직접 하면 되는 것이니까요."

네블이 어깨를 으쓱거리며 답했다.

그 말을 들으면서 이성민은 중개 길드라는 에레브리사와 그곳에 소속되어 있는 중개인들에 대해 의문을 품었다.

당장 중개인이라는 자들은 공간이동을 아무렇지 않게 해낸다. 초절정의 경지에 있는 이성민으로서도 네블의 강함은 추측조차 되지 않는다.

"에레브리사는 대체 뭡니까?"

"중개 길드입니다."

이성민의 질문에 네블은 표정 하나 바꾸지 않고서 대답했다. 물어봤자 제대로 된 대답을 해줄 것 같지는 않았다.

"종이와 펜을 받을 수 있을까요."

"드리죠."

네블이 손을 까닥하고 움직였다. 이윽고 그는 공간의 틈 안에 손을 집어넣고서 얇은 종이와 펜을 꺼냈다.

"빌려주는 겁니까?"

"……그냥 드리죠."

이성민은 피식 웃으면서 바닥에 주저앉았다. 그는 종이에 펜촉을 대고서 잠깐 동안 생각을 정리했다.

무슨 이야기를 해야 할까.

나는 괜찮으니까 안심하라고?

「이렇게 편지로 생사를 전하게 되어 죄송합니다.

저는 괜찮습니다. 다친 곳도 없고, 무사히 살아 나왔습니다.

사저도 목숨을 건진 것 같아 다행입니다.

사저, 저는 사저를 원망하지 않습니다. 저는 사저를 위해 그 던전에 간 것이었고, 사저가 살게 되는 것을 바라고 있었습니다.

그러니 제 걱정도, 죄책감도 가지지 말아주십시오.

저는 괜찮습니다. 정말로 괜찮습니다.」

여기까지 쓰고서, 이성민은 펜을 멈추었다.

백소고에게 지금 내가 어디로 가는지 알려도 되는 것일까? 알린다면 백소고의 성격상 그곳으로 올 것이다. 그렇게 두어도 되는 것일까.

이성민이 향하는 곳은 북쪽이다. 그곳에서 또 어떤 사건과 위험이 있을지는 모르는 일이다.

결국.

이성민은 백소고에게 자신의 행선지를 알리지 않았다. 백소고를 만나고 싶다. 그녀와 함께 여행을 해보고 싶었다. 아직…… 백소고에게 듣고 싶었던 말을 듣지 못했다. 많이 늘었구나, 강해졌구나. 그런 말들. 이성민은 펜을 내려놓았다.

'나중에.'

우선은 북쪽으로 가야 한다.

"너, 대단한 놈이었군."

네블을 돌려보내고서 이성민은 다시 움직이기 시작했다. 경공과 헤이스트를 병행하면서 그 속도에 익숙해지려 했고 그것을 완벽하게 다루기 위해서 달리는 것도 수행으로 삼았다.

[이제야 알았나?]

허주가 으스대며 말했다. 네블이 전한 정보에는 허주에 관한 것도 포함되어 있었다.

허주가 활동한 것은 400년도 전이었다. 그 이전부터 허주는 존재하고 있었고, 에리아의 남쪽 지역에서 악몽처럼 군림해 온 요괴 두령이 바로 허주였다.

"그래 봤자 육체도 잃고 봉인되었으면서."

[나를 봉인하겠답시고 덤빈 놈의 쪽수가 수만이었다. 마법사에 무림인, 기사, 정령사 등. 당시 한가락 하는 놈들은 모조리 몰려들었어.]

"왜 도망치지 않았던 거지?"

[도망치고 싶지 않았으니까.]

허주의 대답은 빨랐다.

"……그것이 전부냐?"

[전부지.]

"듣자 하니 진짜 대단했던 모양인데. 왕은 아니었지만 그 지역에서는 진짜 왕처럼 군림했다 하고. 남쪽의 원주민 중에서는 아직도 너를 신앙하는 부족도 있다고 해."

[원래 사람이라는 것이 그렇지. 이해를 벗어난 경이를 보면 신앙을 품어. 하늘을 가르는 번개를 보고서 신이라고 하는 것이 인간이다.]

그렇게 말하는 허주의 목소리는 심드렁했다.

[언젠가 기회가 된다면 남쪽으로 가자. 내 보물을 주기로 말했었으니까.]

"네 부하들은 다 어디 갔지?"

[죽었다.]

허주가 대답했다. 그 이후로 허주는 더 이상 말하지 않았다. 아무래도 옛이야기를 들추는 것이 그리 유쾌하지는 않았던 모양이다.

이성민도 더 이상 물을 생각은 없었다.

'남쪽이라.'

그쪽은 가 본 적이 없다.

사실 지금 향하고 있는 북쪽도 가 보지 못한 것은 마찬가지다. 그런데 정확하게 말해서 북쪽 어디로 가야 하는 것일까.

흔히 '북쪽' 하면 떠올리는 것은 대도시인 트라비아다.

과거 혈천마 백무선이 군림하던 곳이지만 위지호연이 백무선의 팔을 자르면서 트라비아는 아귀다툼의 장이 되었다.

본래 마두가 득세하던 곳에서 혈천마가 찍어 누르던 것이었는데, 혈천마가 힘을 잃고 모욕당하면서 마두들이 통제를 벗어났기 때문이다.

'무림인뿐만이 아니라 흑마법사들도 넘친다던데. 인외도 돌아다니고.'

어쩌면 그곳에서 프레스칸과 만나게 될지도 모른다. 이성민은 오히려 그것을 바랐다.

그렇게 된다면 굳이 프레스칸을 찾으러 들 것도 없이, 그에게 검은 심장에 대해 물어볼 수 있을 테니까.

남자의 출현은 기묘하고 갑작스러웠다. 백소고는 뛰던 걸음을 멈추고서 숨을 몰아쉬었다. 그녀는 머지않은 곳에 서 있는 네블을 경계 어린 시선으로 응시했고, 네블은 양손을 들어 보이면서 백소고에게 말을 걸었다.

"저는 당신의 적이 아닙니다."

"……드래곤?"

백소고가 잠깐 머뭇거리다가 그렇게 질문했다. 그 질문에 네블이 눈을 멀뚱히 뜨더니 곧이어 크게 웃음을 터뜨렸다.

"그런 오해는 처음 들어보는군요!"

네블은 웃음기를 채 거두지 못하고 큭큭거리며 웃었다. 면전에서 저런 웃음을 들었음에도 백소고는 딱히 부끄러움을 느끼지 않았다.

사실 백소고가 네블을 '드래곤'이라고 오해할 만큼 그의 출현은 놀라웠다. 아무것도 없던 허공이 쩍 갈라지더니 그곳에서 걸어 나온 것이다.

그것은 대마법사나 사용할 수 있다는 텔레포트나 블링크와는 격이 달라 보였고, 백소고는 네블의 존재를 제대로 인식조차 못 하며 강함조차 엿보지 못했다.

"아…… 죄송합니다. 너무 웃어버렸네요. 드래곤, 드래곤이라……. 그래, 그렇게 오해할 수도 있겠군요."

네블은 그렇게 말하면서 백소고에게 다가왔다.

백소고는 네블이 다가오자 날카로운 적의를 내비치며 호신강기를 끌어올렸다.

하지만 네블은 걷던 걸음의 속도를 죽이지 않았다.

"말씀드리지 않았습니까. 저는 당신의 적이 아닙니다. 그냥…… 심부름꾼일 뿐이죠."

네블은 그렇게 말하면서 품에 손을 넣었다. 슈트 재킷 안쪽에서 꺼낸 것은 잘 접힌 편지 봉투였다.

"이성민 님이 보내신 편지입니다."

"……네?"

백소고의 표정이 돌변했다.

"이성민 님이 당신에게 편지를 보냈습니다."

당장 손을 뻗어 저 편지를 낚아채고 싶었다.

하지만 백소고는 그것을 인내했다. 그녀는 크게 호흡을 삼키면서 끌어올렸던 위협을 갈무리했다. 백색의 호신강기가 흩어졌다.

'강제로 빼앗으려 했어도…… 빼앗을 수 있었을까?'

백소고는 그런 의문을 품었다.

백소고가 위협을 잠재우자 네블은 빙긋 웃더니 그녀에게 편지를 건네주었다.

백소고에게 편지를 건넨 후, 네블은 나타났을 때와 마찬가지로 공간의 틈으로 사라졌다.

백소고는 한동안 말없이 편지를 읽었다.

"……살아 있었어."

단순한 편지다.

그것을 완전히 믿을 수는 없다고는 하여도 백소고는 믿고 있었다. 필적 같은 것이 아니라 정체를 알 수 없는 네블의 존재가 백소고가 느끼는 신뢰의 밑거름이 되어주었다.

백소고는 편지를 소중하게 끌어안고서 작은 목소리로 중얼거렸다.

"살아 있어…… 사제가 살아 있어."

가슴 깊이 느끼는 안도의 끝에서 백소고는 자그마한 의문을 느꼈다.

'어떻게 살아 나온 거야?'

당연한 의문이었다.

편지를 다시 읽어본다. 어디에 있다, 어디로 향하고 있다. 그런 이야기라도 적혀 있으면 좋았을 텐데.

백소고는 안타까움을 느끼면서 몸을 일으켰다.

'내가 더 강했다면…… 사제가 시간을 벌겠다고 나설 필요도 없었을 거야.'

백소고는 아랫입술을 잘근거리며 씹었다. 몇 년 만에 본 하나뿐인 사제는 믿기 어려울 정도의 성장을 거두었다.

불과 일 년 전에 보았을 때만 하여도 초절정에 입문하지도 못하였는데, 던전에서 보았던 사제는 백소고와 대등하거나 그 이상의 실력을 가진 것으로 보였다.

어디로 갈 것인지 정했다.

백소고는 주저앉았던 몸을 일으켰다. 편지는 잘 접어서 품에 넣었다.

거리가 너무 멀어서 이곳에서는 보이지 않는, 그 '산'이 있는 곳을 보면서 백소고는 이성민과 헤어지기 전에 나누었던 대화를 떠올렸다.

도망치라고 했던 말.

"……그건 내가 했어야 할 말이야."

백소고는 그렇게 중얼거리면서 므쉬의 산 쪽으로 향했다.

트라비아를 목적지로 두기는 했지만 크게 서두를 이유는

없었다. 아직 겨울까지는 시간적 여유가 있었기 때문이다.

"이놈의 노숙."

루비아가 불평했다.

이성민은 모닥불에 사냥한 고기를 굽다가 루비아의 불평을 듣고 그녀 쪽을 흘겨보았다.

"불만도 많으시군요."

"기왕 잘 거면 지붕 아래가 좋고 침대가 좋잖아요."

"엔비루스는 노숙한 적 없습니까?"

"주인님은 노숙도 고상하고 우아하게 하셨죠. 언제나 마법으로 멋진 집을 지어놓고서 그곳에서 주무셨다고요."

"귀찮은 인간이로군."

"무슨 말이에요?"

"지붕 없는 바닥에서 자도 잠은 잘 옵니다."

이성민은 그렇게 대답해 주면서 통으로 구운 토끼 다리를 부욱 찢어 루비아에게 건네주었다.

불만이 많은 주제에 루비아는 건네는 것은 잘 받아먹었다. 그녀는 조심스레 토끼 다리를 잡고서 입을 벌려 물어뜯었다.

"언제까지 노숙할 셈이죠?"

"트라비아에 도착할 때까지."

"여태까지 한 달을 노숙했어요. 그리고 여기서 트라비아까지는 석 달은 더 가야 할 텐데요."

"압니다."

"석 달 동안 노숙하시겠다고?"

"어려울 것 같지는 않은데요. 밥이야 사냥으로 구하면 되는 거고, 아공간 포켓에 보존식도 여분이 많습니다."

"그 외에 생필품은 어쩌시려고?"

"다 방법이 있지요."

"어쩌다가 당신 같은 사람이 에레브리사의 회원이 된 거지."

루비아가 혀를 차면서 중얼거렸다. 그 말에 이성민의 어깨가 움찔 떨렸다. 그는 눈을 가늘게 뜨고서 루비아를 보았다.

"알고 있었습니까?"

"애초에 숨기지도 않았잖아요?"

루비아가 되물었다. 그 말에 반박할 말은 없었다. 루비아와 허주를 신경 쓰지 않고 네블을 불러댄 것은 이성민이었으니까.

[나도 안다.]

허주가 웅웅거렸다. 내심 그럴 것이라고 생각은 했다. 허주는 갑자기 모습을 드러낸 네블을 보고 아무렇지도 않았으니까.

'의외로 역사가 깊은 모양이군.'

400년 전에 활동했던 허주가 알고 있을 정도라면 그 시기에도 에레브리사는 존재했다는 것이다.

'너도 에레브리사의 회원이었나?'

[제안은 받았지만 거절했지.]

"……엔비루스는 에레브레사의 회원입니까?"

"물론이죠."

루비아가 기운찬 목소리로 대답했다. 이성민은 루비아를 응시하면서 물었다.

"에레브리사는 대체 뭡니까?"

허주와 루비아. 둘 모두에게 하는 질문이었다.

"중개 길드죠."

이상한 걸 물어보네.

루비아가 덧붙여 중얼거렸다.

"누가 그걸 몰라서 물어봅니까?"

이성민은 오히려 면박을 주면서 익은 고기를 물어뜯었다.

루비아는 뾰로통한 표정을 지으면서 고기를 야금야금 먹었다.

"에레브리사가 중개 길드라는 것은 저도 알고 있습니다."

"……뭐. 그들이 여러 가지로 신비롭고 괴상한 집단이기는 하죠. 사실 말이 안 되잖아요. 용병 길드는 길드 안에 용병단이 나뉘어 있고, 마법사 길드는 길드 안에 학파와 마탑이 나뉘어 있어요. 그것이 대부분의 길드가 취하는 형태죠. 하지만 정보 길드는 아니에요."

그것에 대해서는 이성민도 알고 있다. 정보 길드는 크고 작은 것을 따지자면 수십 수백 개나 존재한다. 특히 대도시에는 정보만을 취급하는 길드만 해도 대여섯 개는 존재한다.

게다가 '정보'를 취급하는 것은 정보 길드만이 아니다.

도시 내에 존재하는 도적 길드도 정보를 취급하고 있고, 무림 문파 중에서는 개방이나 하오문 같은 문파도 정보를 취급하고 있다.

"에레브리사는 목적과 사상이 다른 '모든' 정보 길드에게서 정보를 뽑아내고 있어요. 그것뿐만이 아니죠. 상인 길드에 소속되어 있는 다양한 상인 조합과 개인 상인이 보유한 모든 물건도 종합해서 거래를 주선해 주죠. 이것은 고위 귀족이나 왕에게도 불가능한 일이에요."

이성민은 묵묵히 루비아의 말을 들었다.

에레브리사는 단순한 중개 길드가 아니다. 다양한 성격을 가진 집단을 저렇게 종합하여 통제할 수 있는 것은, 이 거대한 땅덩이에 존재하는 왕들에게도 불가능한 일이다.

[폭력이다.]

허주가 심드렁하니 말했다.

[에레브리사의 중개인은 거리와 공간을 무시하는 능력을 가지고 있지. 그들은 인간의 모습을 하고 있으면서 인간은 절대로 아니야. 경이적이고 압도적인 폭력 앞에서는 권력도 지

위도 의미 없다. 아무리 경호가 출중하더라도 공간을 가르고 나타나 목을 딸 수 있는 것이 에레브리사의 중개인이라는 놈들이다.]

"……그런 능력을 가진 자들이 왜 중개 길드 따위를 운영하고 있는 것이지?"

[400년 전.]

허주가 내뱉었다.

[당시의 이 어르신은 악명이 꽤 높았다. 요괴라는 것은 그런 존재야. 본성이 악명을 불러오지. 모든 인간이 돼지를 먹는 것에 죄책감을 갖지 않는 것은 아니지만, 대부분의 인간은 돼지를 먹는 것에 죄책감 같은 것은 느끼지 않아. 요괴도 그렇다. 요괴라는 것은 본성적으로 흉폭하고 이기적인 놈들이라 사고를 많이 치지. 이 어르신도 그랬고.]

그러니 토벌당한 것이다.

이성민은 네블에게서 전해 들은 정보를 떠올렸다. 400년 전에 남쪽 지역에서 군림한 허주는 경외 받는 대요괴였다.

단순히 강하다고 해서 토벌된 것은 아니다. 그만한 악행을 벌였기에 토벌된 것이다.

[장담하건대, 그때의 에리아에서 나보다 강한 존재는 한 손에 꼽을 수 있을 정도였다. 드래곤조차 이 어르신을 어찌하지 못했지!]

그건 조금 오버한 것 같은데.

이성민은 내심 그런 생각을 품었지만 내색하지는 않았다.

[그런데 말이다. 이 어르신을 찾아왔던 에레브리사의 중개인은…… 나조차도 쉬운 승리를 장담할 수 없을 정도의 강자였다. 그런 놈이 대뜸 찾아와 자기들은 중개 길드인데, 나를 회원으로 받고 싶다고 하니 어이가 없었지. 그래서 물어봤다. 왜 그런 힘을 가지고 있으면서 중개 길드 따위를 하는 것이고, 왜 나를 회원으로 받고 싶은 거냐고.]

"……그래서?"

[재미있는 말을 하더군. '변수'라고 말이야.]

"그게 뭐냐?"

[존재 자체가 세상 전체에 변수가 될 만한 존재. 에레브리사의 회원이 되려면 기본적으로 그를 갖추고 있어야 한다고 했다. 이 어르신의 강함이 그를 충족하기 때문에 회원권을 제안한 것이라고 하더군. 바꿔 말하자면, 에레브리사라는 놈들은 세상에서 변수가 될 만한 존재들을 회원으로 두고서 지원하고 있다는 뜻이기도 해. 놈들이 그를 통해 무엇을 획책하려는 것인지는 모르겠지만.]

므쉬의 산에서 에레브리사를 처음 알게 되었을 때, 에레브리사의 중개인은 이성민에게 '자격'이 부족하다고 했다. 당시의 이성민은 그것을 단순히 실력이 떨어지기 때문이라고 생각했는데, 그것이 전부는 아니었던 모양이다.

[놈들은 기묘하다. 그래서 내가 놈들의 회원이 되는 것을 거부한 것이고. 뭔지도 알 수 없는 놈들과는 관계를 맺고 싶지 않았거든.]

"편리하기는 한데."

[아마 그 소천마라는 계집도 에레브리사의 회원일 것이다.]

허주가 덧붙였다.

[그 정도의 강함과 성장력을 본다면 변수가 되기에는 충분하지. 그런데…… 이게 참 웃긴 말이란 말이야. 왜 변수라는 거지? 정해져 있는 상황도 아닌데 왜 변수라는 단어를 붙인 것일까? 무엇에 대한 변수라는 것이지?]

허주가 큭큭거리며 웃었다.

이성민도 그에 대한 의문이 들기는 하였지만, 그것의 진위를 확인할 방법 따위는 없었다. 네블에게 물어본다고 해서 대답해 줄 것 같지도 않았다.

"재미있는 이야기를 하고 계시는군요."

불쑥 목소리가 끼어들었다.

이성민은 흠칫 놀라 소리가 들린 방향을 바라보았다. 네블은 빙그레 웃는 얼굴로 나무 그늘 아래에 서 있었다.

"……부르지는 않았는데?"

"셀게루스 님의 작업이 끝나서 그에 대해 알려드리기 위해

온 것입니다."

"마침 잘되었군요."

이성민은 손에 묻은 고기 기름을 쭙 빨아내면서 네블을 바라보았다.

"에레브리사는 무엇입니까?"

"중개 길드지요. ……그 이상의 것을 알려드리기는 힘듭니다. 이해해 주십시오."

어쩔 수 없다는 듯이 말하기는 하지만, '절대로' 알려줄 수 없다는 뉘앙스가 강하게 느껴졌다. 힘으로 질문하여 대답을 얻을 상대도 아니다.

"까다로우시군요."

"그렇지만 회원님들에게 해가 되지는 않으리라 맹세해 드릴 수 있습니다. 에레브리사는 회원님들을 위하고 있습니다."

네블은 그렇게 말하면서 손으로 공간을 갈랐다. 그 너머에는 셀게루스가 서 있었다. 이전보다 더욱 꾀죄죄한 몰골을 한 셀게루스는 피로가 누적된 것인지 눈 밑에는 다크서클이 진했고 뺨이 조금 파여 있었다.

"분위기가 왜 그래?"

셀게루스가 머리를 갸웃거리며 물었다.

이성민은 대답하지 않았고 네블은 어깨를 으쓱거렸다.

잠깐 동안 침묵하고 있던 셀게루스가 입술을 벌려 투덜거리는 소리를 냈다.

"뭐, 내가 알 바는 아니지. 네가 주문했던 것들이 완성됐어. 형태는 지난번에 만들었던 창을 따랐고."

네블이 셀게루스 쪽으로 이동해 창과 마갑을 받아왔다. 방금 전까지는 에레브리사에 대한 의문이 뒤섞여 기분이 심란했으나, 네블이 받아온 창을 본 순간 이성민의 마음속에서 그런 심란함은 완전히 소멸해 버렸다.

그만큼 셀게루스가 만든 창은, 이성민의 시선과 마음을 빼앗을 정도로 강렬한 인상을 가지고 있었다.

"오리하르콘은."

셀게루스가 입을 열었다.

"절대로 부서지지 않아. ……라고 얼간이들이 떠드는데. 그건 틀린 말이야. 이 세상에 절대로 부서지지 않는 것 따위는 없어. 그렇다고 해서 오리하르콘이 무른 것은 아니지. 견고함을 본다면 오리하르콘만 한 금속은 몇 존재하지 않아. 드래곤의 비늘이나 뼈 이상의 강도를 가진 것이 오리하르콘이지."

이성민은 네블에게서 창을 건네받았다. 길이는 이전에 쓰던 창보다 길어졌다. 처음 그 창을 받았을 때와 비교해서 이성민의 몸이 커진 탓이다.

'가벼워.'

하지만 무르다는 느낌은 들지 않는다.

이성민은 창간을 잡고서 가볍게 힘을 줘보았다. 휘어지지 않는다. 그 단단함이 마음에 들었다.

"완전히 파괴되면 방법이 없지만, 그 이외의 손상은 마력…… 그러니까, 네 경우에는 내공을 불어넣는 것으로 수복이 돼. 날을 세우거나 보수할 필요도 없어. 땅에 파묻고 천 년이 흘러도 변하지 않는 것이 오리하르콘이야."

"오리하르콘을 다룰 수 있는 장인은 많지 않습니다. 드워프 대장장이 중에서도 손에 꼽을 정도고, 드워프를 제외한 대장장이 중에서는 마이스터의 칭호를 가진 셀게루스 님만이 오리하르콘을 다룰 수 있지요."

네블이 덧붙였다. 대놓고 띄워주고 있음에도 셀게루스는 자부심 따위는 내비치지 않았다.

"그럼 뭐 해? 다크 엘프라고 제대로 취급도 해주지 않는데."

오히려 그렇게 투덜거린 뒤에 셀게루스가 말을 덧붙였다.

"오리하르콘은 마력이나 내공을 미스릴과는 비교도 안 될 정도로 잘 받아들이기도 해. 직접 써보면 무슨 느낌인지 감이 올 거야. 그리고 갑옷도."

셀게루스가 손을 뻗어 마갑을 가리켰다.

"창을 만들고도 오리하르콘이 꽤 많이 남아서, 갑옷의 가변 마법이 새겨진 핵을 중심으로 해서 오리하르콘을 삽입했어. 덧씌우는 정도에 그쳤지만 대부분의 마법에 대해서는 안티 매직이 기능할 거야. 하지만 너무 신뢰하지는 마. 인챈트로 새겨 넣은 안티 매직은 아니니까."

"인챈트를 부탁드릴 수 있을까요?"

"안 한 것에는 그럴 만한 이유가 있는 거야. 오리하르콘은 뛰어난 금속인 만큼 인챈트 난이도도 높아. 대마법사급이 아니라면 엄두도 못 내지. 그리고 인챈트라는 것은 금속의 질을 떨어뜨려. 오리하르콘 정도의 소재라면 인챈트를 넣는 것이 오히려 손해야."

그쪽에 관해서는 문외한이었기 때문에 이성민은 셀게루스의 말을 잠자코 들었다. 셀게루스는 크게 숨을 내뱉고서 관자놀이를 꾹 눌렀다.

"……장담하건대, 그건 내 대장장이 인생 중에 최고의 역작이라고 할 만해. 소재도 내가 여태까지 만져 본 것 중에서 가장 좋았고. 네가 드래곤과 싸우려 들지 않는 한 부서지는 일은 없을 거야."

"……감사합니다."

"감사는 무슨. 이름은 안 붙였으니까, 붙이고 싶거든 네가 붙이도록 해. 나는 피곤해서 좀 자야겠어."

셀게루스는 그렇게 말하고서 몸을 돌려 버렸다. 네블은 열어 놓은 공간을 닫고서 웃는 얼굴로 이성민을 돌아보았다.

"마음에 드십니까?"

"네."

"저희를 의심하지는 말아주십시오. 에레브리사는 회원님들의 편의만을 추구하고 있습니다. 그리고……."

네블은 잠깐 말을 멈추었다.

"……저는 이성민 회원님의 담당 중개인입니다. 회원님의 전속이죠. 비록 제가 에레브리사에 소속되어 있기는 하지만, 경우에 따라서는 에레브리사의 방침보다 회원님을 우선할 수도 있습니다."

아까의 질문에 대답 같은 것에는 아니지만. 네블은 그렇게 덧붙인 뒤에 꾸벅 머리를 숙였다.

"다음에 불러주시는 것을 기다리고 있겠습니다."

네블은 그 말을 남기고 사라졌다. 네블이 모습을 감추고 얼마 지나지 않아 허주가 투덜거렸다.

[저 녀석 호모인가?]

"뭔 말을 씨발……."

허주의 말이 너무 어이가 없어서 이성민은 욕설을 내뱉고 말았다. 그 말을 듣고서 허주가 껄껄거리며 웃었다.

[취향은 다양한 법이다. 네 얼굴이 못난 편은 아니니, 그럴 가능성도 염두에 두는 것이 좋을 것이야.]

"개소리 좀 하지 마."

[어찌 되었든 호의를 품은 조력자를 곁에 둔다는 것은 좋은

일이다. 태도가 애매한 놈이기는 하지만.]

허주의 중얼거림을 들으면서 이성민은 마갑을 입어보았다.

상체를 감싼 마갑은 이전보다 착용감이 훌륭했다. 내공을 불어넣자 마갑이 크게 확장되더니 이성민의 몸 전체를 감쌌다. 이성민은 마갑이 덮은 몸을 움직여 보면서 내심 감탄을 흘렸다.

'편해.'

이전의 마갑이 편하지 않았던 것은 아니다. 그렇다고는 해도 아무래도 맨몸과 비교하면 저항감이 있을 수밖에 없었다.

하지만 지금은 아니었다. 몸을 움직이는 것에 저항감이 거의 존재하지 않는다. 무게가 없는 것은 아니었지만 이성민의 근력을 생각한다면 없다고 해도 좋을 정도였다.

거기에 호신강기를 일으켜 본다.

콰아아!

순식간에 솟구친 호신강기가 이성민의 몸 전체를 덮었다. 그것은 마치 자색의 불꽃이 몸을 집어삼킨 것처럼 보일 정도였다. 이성민은 기겁하고서 내공의 출력을 줄였다.

"내공이 오리하르콘을 거치면서 증폭된 거예요."

루비아가 재빨리 입을 열었다.

"그것이 오리하르콘이 최고의 소재라고 평가받는 이유기도 하죠. 적은 내공이나 마력으로 그 이상의 위력을 끌어낼 수 있으니까요."

확실히 그랬다. 이전의 마갑을 입고 호신강기를 끌어올렸을 때에는 이 정도로 출력이 강하지는 않았다.

내친김에 이성민은 창을 잡았다. 창간을 꽉 잡고 내공을 불어넣자, 곧바로 자색의 강기가 창 전체를 뒤덮었다.

오리하르콘을 덧칠한 마갑과는 다르게 창은 오리하르콘 통째로 만들었다. 그래서인지 강기를 뽑아내는 효율이 호신강기보다 훨씬 뛰어났다.

[몸뚱이로 안 되면 기물의 도움을 받아야지.]

'비꼬는 거냐?'

[성격이 배배 꼬인 새끼로군. 기물을 쓰는 것이 부끄럽냐?]

'그건 아니지만.'

[구라 치지 마라.]

허주가 낄낄 웃으며 쏘아붙였다.

[가진 것을 제대로 쓰는 것도 중요한 것이야. 네놈의 심장이나 갑옷, 무기. 모든 것이 결국 네 것이니까. 안 쓰겠답시고 묵히면서 꼴같잖은 자존심 세우지 말고 잘 써라, 잘.]

허주가 충고하듯이 말했다.

이성민은 그 말을 들으면서 말없이 머리를 끄덕거렸다. 몸 안에 박혀 있는 검은 심장이 마음에 안 드는 것은 여전했지만, 그렇다고 해서 마냥 싫지는 않았다. 결국 이 심장 덕에 목숨을 부지하고 도움을 받았던 것은 사실이었기 때문이다.

'그래서 프레스칸을 만나야 하는 거야.'

써먹으려고 해도 아는 것이 없으니까.

6장
프레데터

벌컥 문이 열렸다.

바깥은 사나운 바람이 몰아치고 있었다. 눈발 섞인 북쪽의 바람은 방비를 제대로 하지 않으면 살결조차 베어낼 정도로 날카롭고 매섭다.

문을 열고 들어오는 남자는 그 바람에 대한 대비책인지 두꺼워 보이는 로브를 몸에 두르고 있었다.

"어서 옵쇼."

여관에 손님은 없었다. 벽난로 앞에 의자를 두고 앉아 꾸벅꾸벅 졸던 여관 주인이 눈치 빠르게도 머리를 일으켰다. 그는 오른손으로는 졸린 눈을 부비면서 왼손으로는 어깨를 끌어안고 부르르 몸을 떨었다.

"일단 문을 조금 닫는 것이 어떻수?"

열고 들어온 문은 바깥바람에 요동치고 있었다.

이성민은 손을 들어 문을 밀어 닫아버렸다. 한 손으로 문을 밀어 닫는 것을 보고 여관 주인의 눈썹이 위로 올라갔다.

"사냥꾼은 아닌 모양이군."

여관 주인이 중얼거렸다.

이성민은 쓰고 있던 로브의 모자를 뒤로 넘겼다.

여관 주인은 하얗게 질린 이성민의 얼굴을 보면서 물었다.

"커피를 드릴까? 아니면 뜨거운 물? 우유? 스프도 있기는 한데."

"스프로 주십시오."

"저는 우유가 좋아요."

이성민의 뒤에 몸을 숨기고 있던 루비아가 머리를 빼꼼 내밀며 주문했다.

여관 주인은 루비아의 머리 위에 솟아나 있는 고양이 귀를 보면서 눈을 동그랗게 떴다.

"수인이라니. 이 근방에서는 보기 힘든데. 노예 상인이쇼?"

"아닙니다."

이성민은 무표정한 얼굴로 대답했다. 루비아는 여관 주인이 한 말에 조금 마음이 상한 것 같기는 했지만 발끈하지는 않았다.

수인이라는 존재는 그렇다. 엘프야 워낙에 보기 드물고, 긴 세월을 살아가는 데다가 정령과 마나의 사랑을 받는다. 모든 엘프는 뛰어난 정령사고 마법사며 궁수이자 검사다. 모든 부호가 엘프 노예를 갖는 것을 꿈꾸지만, 엘프를 노예로 삼는 것은 쉬운 일이 아니다.

하지만 수인은 다르다. 그들은 엘프보다 약하다. 엘프보다 숫자도 많다. 비교적 노예로 삼기 쉬운 데다가 복종심을 끌어내는 것도 그리 어렵지 않다. 그 '어렵지 않다'는 것이 가학적인 폭력을 통해 강제로 박아 넣는 것일 뿐이지만.

"우선 여기 앉아 계시고."

여관 주인은 벽난로 앞에 의자 두 개를 가져다 놓았다.

"뜨거운 스프와 우유. 곧 가져다드릴 테니 기다리고 계쇼."

여관 주인은 몸을 돌려 주방 안으로 들어갔다.

루비아가 후다닥 벽난로 앞에 다가가 의자에 앉았다. 그녀는 걸치고 있던 로브를 벗고서 숨을 내뱉었다.

"따지고 보면 난 수인이 아니지만요."

벗은 로브를 대충 뒤에 던져두고서 루비아가 종알거렸다.

이성민은 루비아의 곁에 앉았다. 루비아는 엔비루스가 만들어낸 사역마다. 수인의 모습을 하고 있지만 저것은 어디까지나 엔비루스의 취향일 뿐이지 루비아가 수인인 것은 아니다.

"굳이 여관으로 올 필요가 있나 싶었지만."

"갑자기 바람이 강해졌잖아요."

"당신도 추위를 느끼지 못하는 몸이고 나도 마찬가지입니다."

"그래도 저는 바람 쌩쌩 부는 곳에서 노숙하고 싶지는 않아요."

이성민은 한서불침을 이루었기 때문에 추위를 느끼지 않는다. 그래서 여관에 들를 필요를 느끼지 못하고 있었지만, 루비아가 강경하게 주장한 탓에 이 여관에 들르게 되었다.

"머지않아 트라비아에 도착할 거예요. 트라비아는 혈천마가 군림하기 이전부터 사마외도와 흑마법사, 그리고 인외의 땅이었죠. 솔직히 정말 가고 싶지 않은 곳인데."

"어쩔 수 없습니다."

이성민은 그렇게 말하면서 로브를 벗었다.

"북쪽의 사정이 그리 좋지 않다는 것은 압니다. 혈천마라는 누름돌은 무게를 잃었고, 힘을 가진 마인들은 군림하는 것보다는 즐기는 것을 택하고 있습니다. 덕분에 트라비아의 치안은 엉망이 되었고."

이곳까지 오면서, 네블을 통해 트라비아의 사정에 대해 지속적으로 파악했다.

혈천마가 트라비아에 군림했을 적에는 그나마 사정이 나았다. 적어도 그는 정도를 아는 존재였기 때문이다.

하지만 혈천마가 위지호연에게 패한 이후.

무인이 팔 하나를 잃었다는 것은 치명적이다. 혈천마는 트라비아에 군림할 정도의 거인이었으나, 팔이 잘리고 혈천맹이 와해되면서 많은 것을 잃었다.

분명한 것은 지금 트라비아에 법이 없다는 것이다. 성주는 통치를 포기하고 트라비아를 떠나 별장에 틀어박혀 있다고 했다. 치안이 사라진 트라비아는 온갖 범죄가 들끓어 대고 있었다.

"상황이 상황이다 보니 무림맹도 그쪽을 주시하고 있답니다."

"……신령이라고 했었죠? 북쪽, 만년설이 녹지 않는 곳. 인연이 있다면 귀인과 만나게 된다. 겨울이 가장 얼어붙을 때에."

루비아가 입술을 삐죽거리며 투덜거렸다.

"애매하기 짝이 없는 말인데. 그런 진위 여부도 확실치 않은 말을 따라 이 멀고 위험한 곳까지 오다니."

[애매하지는 않아.]

마갑이 웅웅거리더니 허주가 루비아에게 쏘아붙였다.

[신령이라는 것은 뭐 하는 놈들인지도 모르고 꿍꿍이도 알 수 없는 존재긴 하지. 하지만 이것 하나는 확실하다. 놈들이 그렇게 된다고 하면, 보통은 그렇게 된다.]

"그 말조차 애매하네요."

[원래 그 새끼들이 그런 놈들이야. 놈들은…… 운명을 엿보지. 아예 북쪽으로 오지 않았다면 모를까, 북쪽에 온 이상 신

령이 말한 '만남'은 반드시 일어난다.]

사실 이곳까지 오면서 이성민도 긴가민가하기는 했다. 북쪽에서 만년설이 녹지 않는 곳이 한두 군데도 아니고, 겨울이 가장 얼어붙을 때라고 해봐야 언제인지도 모른다. 이곳까지 오기 한참 전에 루비아가 왜 트라비아로 가냐고 캐묻기에 대답했었는데, 그 말을 듣고서 허주가 '그냥 가면 된다'고 강경하게 밀어붙여 대책 없이 이곳까지 오기는 했다.

"어디로들 가쇼?"

큼직한 머그컵 두 개를 들고 온 여관 주인이 물었다. 루비아는 양손으로 머그컵을 받고서 후후 불며 우유를 마셨다.

"트라비아로 갑니다."

"저런."

이성민의 대답에 여관 주인이 웃음을 터뜨렸다.

"위험한 곳으로 가시는군. 왜, 당신들도 그곳에서 이름이라도 떨치고 싶은 거요?"

"그건 아닙니다만."

"뭐, 내가 오지랖을 떨 만한 입장은 아니지. 조심들 하쇼. 특히 그쪽 수인 아가씨."

여관 주인이 턱짓으로 루비아를 가리켰다.

"트라비아는 법이 존재하지 않게 된 곳이야. 색마도 많고 인신공양을 하는 주술사와 흑마법사도 많다더군. 도시 안에 들어가면 위험이 엮어올지도 몰라."

"걱정해 주셔서 감사해요."

루비아는 방긋 웃으면서 말했다. 이성민은 입에 들어온 스프를 우물거렸다. 잠시 뒤에 이성민은 입을 열었다.

"안 어울리게 친절하시군요."

"응?"

"독을 탄 스프를 주는 것치고는 말입니다. 꼴같잖은 위선이야. 아니면 기만인가?"

이성민은 투덜거리면서 들고 있던 머그컵을 벽난로의 불길 안으로 집어 던졌다. 그 말에 여관 주인의 얼굴이 변했다.

"……이거야 원."

여관 주인이 투덜거렸다.

만독불침을 이룬 것은 아니다. 그래도 이 정도로 조잡한 독은 이성민의 몸을 해할 수가 없었다. 다만 입맛이 더러운 것은 어쩔 수가 없어서 이성민은 입술을 우물거리며 퉤 하고 침을 뱉었다.

"도, 독?"

루비아가 화들짝 놀라 의자에서 일어서려 했다. 하지만 발이 풀렸는지 그 자리에 주저앉아 버렸다.

"치명적인 독은 아닐 겁니다. 적어도 당신이 마신 것은."

수인은 판매 가치가 있는 상품이다. 여관 주인은 똥 씹은 표정을 하고서 이성민을 노려보았다. 그러다가 한숨을 푹 내쉬더니 의자를 끌어다가 앉았다.

"나름의 사정이 있어서."

"사정은 무슨 사정……!"

루비아가 얼굴을 일그러뜨리며 내뱉었다. 이성민의 말대로 루비아가 복용한 것은 치명적인 독은 아니었다. 단순히 몸을 마비시키는 독이다. 그렇다고 해서 괴롭지 않은 것은 아니다.

이성민은 숨을 헐떡거리는 루비아를 힐긋 보고서 여관 주인에게 손을 뻗었다.

"해약은 없습니까?"

"주면 살려줄 텐가?"

"거래하려 하지 마십시오. 당신을 죽이고 몸을 뒤져 해약을 찾는 것은 그리 어려운 일이 아니고, 나는 지금 당장 해약을 구할 방법도 가지고 있습니다."

에레브리사의 네블을 소환해 해약을 구입하겠다고 하면 된다. 치명적인 독도 아니니 서두를 필요는 없다.

"……그렇군."

여관 주인은 빠르게 포기했다. 마실 것에 독을 타고, 그것이 실패한 이상 칼자루는 저들에게 있다.

"이 일을 하면서 보는 눈은 꽤 늘었다고 생각했는데. 마냥 그런 것도 아닌 것 같아."

여관 주인은 그렇게 투덜거리면서 품에 손을 넣었다. 안을 뒤적거리던 그는 자그마한 유리병을 꺼내 이성민에게 내밀었다.

"안심하쇼. 일이 이렇게 되었다고, 엿돼보라는 심정으로 독약을 주는 것은 아니니까."

하지만 이성민은 그 약을 쓰지는 않았다. 대신에 다시 의자에 앉았다. 바닥에 주저앉은 루비아가 그런 이성민을 보며 더듬거리는 목소리로 말했다.

"뭐, 뭐 하는 거예요? 왜 약을……."

"뭔지도 알 수 없는 약을 주사할 수는 없죠."

"진짜 해독제인데……."

"그렇다고 마냥 믿을 수는 없잖습니까. 그리고 오기 싫다는 나를 이 여관으로 데리고 온 것은 루비아 님입니다. 목숨을 위협하는 독도 아니니 그냥 잠깐 앉아 계십시오."

"이 개새끼야……!"

루비아가 욕설을 외쳤지만 이성민은 듣지 않았다. 그는 여관 주인을 올려 보면서 물었다.

"왜 이런 짓을 한 겁니까?"

"……수인은 돈이 되니까."

"그게 전부입니까?"

"……이 근방은 귀랑문의 영역이요. 매달 할당금을 지불해야 하는데, 아시다시피 트라비아가 그 모양 그 꼴이 되면서 오는 손님이 없어졌지."

"그래서 수인을 팔아 돈을 장만하려고 했다?"

"이해해 주쇼. 사정이 사정이다 보니……."

"악의 없는 사람에게 해를 주면서 제 보신을 하려 했는데 이해해 달라? 이거 참 이기적인 분이시군."

이성민은 웃는 소리를 내면서 머리를 가로저었다. 스멀거리며 올라오는 살기에 여관 주인의 얼굴이 뻣뻣하게 굳었다.

"이런 식으로 몇 명을 넘겼습니까?"

"이번이 처음……."

"거짓말이군."

이성민이 뱉은 말에 여관 주인이 입을 다물었다. 우물쭈물하던 여관 주인이 뭐라고 변명을 하려던 순간. 죽음은 순식간에 찾아왔다. 퍽 하는 소리와 함께 여관 주인의 머리가 터졌다.

이성민은 쓰러진 시체에게 눈길을 주지 않고 루비아를 부축해 몸을 일으켰다.

"이제 와서 챙겨주는 척하기는……!"

"독약일지도 몰라서, 라고 말하지 않았습니까."

"됐어요! 부축해 주지 않아도 되니깐."

루비아는 그렇게 내뱉고서 이성민의 몸을 밀쳤다. 제 힘을 이기지 못하고 비틀거리는 루비아를 보면서 이성민은 헛웃음을 흘렸다.

의자를 끌어다가 루비아를 앉혔다.

[위에 인기척이 있다.]

허주가 웅웅거렸다.

[손님은 아닌 것 같고. 네가 죽인 남자의 가족인 것 같군.]

"저 정도 나이를 먹었으면 결혼도 했고 자식도 낳았겠지."

[죄책감은 없나 보군.]

"느낄 만한 일이 아니었으니까. 내가 독에 당했다면 죽었을 것이고, 루비아 님은 팔려서 성노리개가 되거나 마법 실험의 제물이 되었겠지."

"엿 같은 이야기하지 마세요."

루비아가 쏘아붙였다.

이성민은 어깨를 으쓱거리며 천장을 올려다보았다. 인기척 은 이성민도 느끼고 있었다.

하지만 확인하러 가지는 않았다.

[사정이 있는 놈이었다. 가족을 지키기 위해서는 어쩔 수 없었을 거야.]

"내가 자비라도 베풀었어야 했다는 거냐. 내가 용서해 주었 다고 해서 저 남자가 개심했을까? 앞으로도 계속, 자신과 가 족이 살겠다고 다른 이들에게 독을 먹일지도 모르는데?"

[그럴지도 모르지. 개심했을지도 모르고.]

"확률이 반반이라고 해서 내가 자비를 베풀 이유는 되지 않아."

[여기서 저 남자를 죽여 앞으로의 일을 방지하는 것이 네놈의 협의라는 것이냐?]

"협의는 무슨. 그런 대단한 생각은 하지도 않았어. 그냥 자비를 베풀 이유를 느끼지 못했을 뿐이지. 너…… 대체 무슨 말을 하고 싶은 거냐? 대요괴라는 놈이 이제 와서 인정에 눈이라도 뜬 거냐?"

[으하하하! 그럴 리가. 단지 궁금했을 뿐이다. 너라는 놈이 어떤 인간인지 말이야. 위에 있는 놈들은 어쩔 테냐? 저 녀석들도 따지고 보면 저 남자의 공모자 아닌가?]

"나한테 피해를 준 것도 아니고. 내가 찾아가서 죽일 이유는 없지."

이성민은 그렇게 투덜거리면서 루비아를 보았다.

루비아는 입술을 삐죽거리고 있기는 했지만 더 이상 이성민에게 불만을 토로하지는 않았다.

잠시 후, 마비가 풀린 루비아가 몸을 일으켰다.

"이놈의 고양이 귀를 숨길 수도 없고."

"우선 몸이나 숨기십시오. 귀찮은 일이 더 벌어질 것 같으니까."

"……이거 쉬운 일은 아니거든요? 마력 소모가 얼마나 큰데."

"지금 마력이 없는 거도 아니잖습니까?"

그 말에 루비아가 한숨을 푹 내쉬더니 빛의 구체로 모습을 바꾸었다.

이성민은 루비아가 벗어놓은 로브를 아공간 포켓에 집어넣고 자신의 로브를 몸에 둘렀다. 위에서 발소리가 들려온다. 괜히 마주쳐 얼굴을 붉히고 싶지는 않았기에 이성민은 여관을 나섰다.

"마을에 괜히 왔어."

[그거참 죄송하네요. 제가 들어가자고 조르지 않았으면 이런 일도 없었겠죠!]

"알면 앞으로 조심하십시오."

이성민의 대답에 루비아가 바르르 몸을 떨었다. 바람은 여관에 들어오기 전보다 더 매서워져 있었다. 이성민은 로브 모자를 뒤집어쓰고서 앞으로 나아갔다.

으아아악!

꺄아아악!

바람 소리 너머에서 그런 비명이 들렸다.

아버지!

그런 외침도 함께.

이성민은 뒤를 힐긋 보았다. 열린 문으로 뛰쳐나온 것은 아직 앳된 티를 채 벗지 못한 소년이었다. 소년은 부릅뜬 눈으로 이성민을 보았다.

나올 때 챙긴 것인지, 소년은 식칼을 들고 있었다. 소년이 고함을 지르면서 이성민에게 덤비려 했다.

하지만 소년은 제대로 덤비지도 못하고 세찬 바람에 균형을 잃어 그 자리에 나뒹굴었다.

[저런.]

허주가 혀를 찼다. 소년이 악에 받친 고함을 지르며 다시 일어서려 했지만, 뒤늦게 문으로 나온 중년 여자가 소년의 허리를 끌어안았다.

아무래도 이성민이 죽인 남자의 부인이자 소년의 어머니인 듯했다. 그녀는 필사적으로 머리를 가로저으면서도 이성민을 제대로 보지 못했다.

"죽여 버리겠어!"

소년의 원독 어린 고함을 무시하고 이성민은 다시 몸을 돌렸다. 마을을 가로지른다. 시선이 느껴졌다. 닫힌 창문 틈 사이로 이쪽을 살피는 경계의 시선이었다. 바람 소리 너머로 늑대의 긴 울음소리가 들려왔다. 이성민은 한숨을 내쉬면서 머리를 가로저었다.

몇 걸음 더 걸었을 때.

늑대의 울음소리는 이성민이 나간 걸음보다 훨씬 가까이 와 있었다.

"이거 참."

이성민은 작은 목소리로 투덜거렸다. 눈발 섞인 바람은 앞을 제대로 보지 못하게 만든다. 어느 순간, 바람 소리에 역한 짐승의 노린내가 섞였다.

그 즉시 이성민은 아공간 포켓에 손을 밀어 넣었다. 순식간에 꺼낸 창이 앞으로 향한다.

쩌엉!

큼직한 소리가 났지만 이성민은 조금도 뒤로 밀려나지 않았다. 오히려 밀려난 것은 눈발에 몸을 숨기고 공격을 감행한 놈이었다.

"고수구나!"

공중제비를 돌면서 바닥에 떨어진 놈이 양손으로 바닥을 짚는다. 전신에 눈발을 달고 있는 놈의 눈은 인간의 것이 아니었다. 이성민은 코를 킁킁거리면서 중얼거렸다.

"웬 개 냄새가……."

[라이칸슬로프로군.]

허주가 중얼거렸다. '개 냄새'라는 말에 남자의 눈이 뒤집혔다.

"늑대다!"

그 외침과 함께 남자의 몸이 부풀기 시작했다. 근육이 우락부락 커지고 전신에 털이 돋는다.

이성민은 그것을 물끄러미 보다가 창을 잡은 손을 움직였다.

퍼억!

순식간에 뻗은 찌르기가 남자의 가슴을 꿰뚫었다.

"커헉!"

"덤빌 거면 변신부터 하고 오지 그랬어."

이성민은 그렇게 중얼거리면서 찌른 창에 강기를 불어넣었다.

오리하르콘으로 이루어진 창이 몰려오는 내공에 반응하고 강기를 증폭시켰다. 남자가 뭐라고 말하기도 전에 그 몸뚱이가 펑 하고 터져 버렸다.

"병신도 아니고."

이성민은 창을 등에 걸치고 다시 앞으로 걸어 나갔다.

마을을 빠져나갈 때까지 이성민은 다섯 번의 습격을 받았다. 연거푸 이어진 습격에서 그는 작은 상처 하나 입지 않았다.

습격한 놈들은 모두 다 라이칸슬로프, 그들 중에서도 웨어울프였다.

'귀랑문.'

여관 주인이 죽기 전에 말했던 문파 이름을 떠올린다. 이 근방을 지배하고 있는 무림 문파. 하는 짓을 보면 사파 문파일 테지만, 전생의 이성민은 귀랑문이라는 문파에 대해 들어본 적이 없었다.

습격한 놈들은 그리 대단한 실력이 아니었지만, 라이칸슬로프의 강인한 육체는 무공 수준 이상의 위력을 발휘하게 만든다.

"언제까지 덤벼올 셈이냐?"

마을의 끝에서 이성민은 창을 내려놓으며 물었다.

이성민의 앞에는 양다리가 끊어진 라이칸슬로프가 엎어져 있었다. 놈은 거친 숨을 몰아쉬며 이성민을 올려 보았고, 이성민은 눈바람을 손으로 밀어내면서 다시 질문했다.

"너희가 덤비지 않는다면 나도 굳이 너희를 찾아 싸울 생각은 없어. 그러니 여기까지 하는 게 어떠냐."

"개소리."

남자가 내뱉었다.

"이런 망신을 당했는데 그만두자고? 말도 안 되는 소리……!"

"처음에 먼저 덤빈 것은 너희잖아."

"너는 우리가 다스리는 마을에서 분란을 일으켰다."

그 말에 이성민은 기가 차서 웃음을 흘렸다.

분란?

그것이 분란이라고 할 수 있는 일인가. 거기서 그냥 독에 당했어야 깔끔하게 끝났다는 말인가?

"우리는 절대로 원한을 잊지 않는다. 네놈이 이곳을 떠난다고 해도 귀랑문은 너를 추격해 죽일 것이다. 늑대는 집요……."

이성민은 더 이상 놈의 말을 듣지 않았다. 내려놓은 창을 손으로 튕겼다.

퍼억!

쌓인 눈이 붉게 물들었다.

이성민은 남자의 죽음을 확인하고서 다시 앞으로 나아갔다.

"곧 있으면 밤이 될 거예요."

루비아가 조언했다.

"흡혈귀와 라이칸슬로프는 대표적인 인외종이면서 밤의 사랑을 받는 존재들이죠."

[그건 대부분의 인외종이 그래.]

허주가 심드렁한 목소리로 말을 더했다.

[인간이 아닌 괴물이 된 이들은 밤과 달의 어여쁨을 받는다. 보다 강인해지고 흉포해지지. 오늘이 만월이던가?]

"아닙니다."

[그건 다행이로군. 일이 꽤 귀찮아질 것 같아.]

"······그렇게까지 말할 일은 아닌 것 같은데요? 덤벼온 놈들의 실력은 이성민 님과 비교해서 한참 떨어져요. 만월의 밤도 아닌데, 밤이 된다고 해서 그들이 이성민 님을 위협할 만큼 강해질 것 같지는······."

[놈들은 죽음을 두려워하지 않았다.]

허주가 웃는 소리를 냈다. 이성민은 반응하지 않았다. 이성민의 침묵 속에서 허주가 계속해서 말했다.

[흡혈귀와 라이칸슬로프. 놈들은 하나의 로드를 두고서 하위 개체를 만들어내지. 로드의 힘이 강할수록 그에 비롯된 개체는 강해진다.]

"……혈족(血族)이죠. 클랜이라고도 하고."

[호칭 따위는 중요한 것이 아니야. 내가 뱀파이어와 라이칸슬로프가 되는 것을 추천하지 않았던 것은 기억하고 있느냐?]

"로드에게 거역할 수 없다. 그래서 추천하지 않았었지. 될 생각도 없었지만."

[그래. 뱀파이어와 라이칸슬로프의 혈족 내 상하관계는 절대적이다. 로드의 통제를 벗어나기 위해서는 로드를 완전히 압도할 힘을 비축해야 해. 하지만 그게 쉬운 일은 아니거든. 혈족에 소속되어 있는 이상 모든 것이 로드에게 통제되고 노출되니까.]

그 이야기를 들으면서, 이성민은 검귀를 떠올렸다.

당시 이성민과 함께 검귀를 쫓던 흑마법사 김종현은 검귀를 보고서 '뱀파이어로서의 격은 낮다'라고 평가했었다. 어쩌면 그것은 검귀를 뱀파이어로 변이시킨 로드가, 초절정 고수인 검귀를 견제하기 위해 그랬던 것일지도 모른다.

[로드는 다양한 곳에서 혈족에게 관여한다. 특히 '충성심'은 로드의 강함을 상징하는 것이지. 네게 덤빈 웨어 울프 중

에 죽음을 겁냈던 놈은 하나도 없다. 그것은 공포로 각인한 충성이 아닌, '격'으로 새겨 넣은 충성이야. 저놈들을 이끌고 있는 로드가 뭐 하는 놈인지는 모르겠지만, 아마 쉬운 상대는 아닐 게다.]

허주가 이렇게까지 말하니 이성민도 귀랑문의 문주가 어떤 놈인지 궁금증이 일었다.

이성민은 네블을 불러 귀랑문에 대한 정보를 부탁했고, 네블이 정보를 가져오는 동안 마을을 완전히 벗어났다.

[산으로는 들어가지 마라.]

마을에 인접한 곳에는 높지 않은 설산이 있었다. 허주가 그리 말하지 않아도 산에 들어갈 생각은 없었다.

웨어 울프에 대해서 많은 것을 알지는 못하지만, 놈들은 인간과 짐승을 뒤섞은 놈들이다. '산'이라는 곳에서는 인간보다 짐승이 유리할 수밖에 없다.

산을 돌아서 방향을 잡는다. 향하는 곳은 트라비아다. 얼마 걷지 않아 네블에게서 귀랑문에 대한 정보를 받을 수 있었다.

귀랑문은 이 근방 지역을 장악하고 있는 사파 문파로, 세력은 그리 크지 않다고 했다. 트라비아를 비롯한 북쪽의 도시가 아닌, 크고 작은 마을에 영향을 펼치고 있었다.

특징은 귀랑문에 소속된 전원이 웨어 울프라는 것.

귀랑문의 문주를 맡은 자는 주원이라는 남자로, 대외적인 활동은 거의 하지 않는다고 했다.

그렇다고 해서 주원에 대한 정보가 없는 것은 아니다.

'프레데터.'

얽힌 정보를 파악하고서 이성민은 미간을 찡그렸다.

프레데터.

그것은 인간이었으면서 인간이 아니게 된 존재. 그런 인외종 중에서도 특이나 포악하고 강력한, 인외종의 안에서 정점에 가까운 괴물들의 집단.

이성민은 관자놀이를 꾹 눌렀다. 전생의 이성민은 프레데터에 대한 소문은커녕 그들의 존재 자체도 모르고 있었지만, 지금 이성민에게 전해진 정보에는 프레데터에 대한 정보가 포함되어 있었다.

[재수가 없군.]

허주가 중얼거렸다. 그것은 루비아도 마찬가지였다. 그녀는 눈에 띄게 창백해진 얼굴로 안절부절못하였다.

"……위험한 놈들입니까?"

"그걸 말이라고 해요?!"

루비아가 꽥하고 비명을 질렀다.

"프레데터는 양지에 드러나지는 않았지만, 음지에서는 절대적인 힘을 가진 괴물들의 모임이에요. 설마 귀랑문이 그 프레데터와 연결되어 있었다니……!"

"귀랑문의 문주인 주원이 프레데터에 소속되었다는 정보는 없었습니다. 다만 연결되었을 가능성이 있다고 했죠."

[프레데터는 위험한 놈들이야.]

허주가 낄낄거리며 웃었다.

마치 프레데터에 대해 알고 있는 것 같은 말이었기 때문에, 이성민은 그들에 대해 질문했다. 그러자 허주가 웃으면서 답해주었다.

[인외라는 것들은 오래 산다. 인간을 포기한 만큼 인간보다 오래 살아. 400년 전에도 놈들은 있었지.]

'……너도 프레데터에 소속되어 있었나?'

[말하지 않았냐. 요괴는 인외이면서 아인이고 몬스터라고. 요괴의 태생은 다양해. 이 어르신의 경우에는 그 근원을 인간으로 두지 않은 탓에 프레데터에 소속되지는 않았어. 하지만 놈들이 위험하다는 것은 알지.]

"……저 때문이에요. 미안해요."

루비아가 귀를 축 늘어뜨리며 중얼거렸다. 마을에 들어가지 않았더라면 이런 일도 벌어지지 않았을 것이다. 루비아는 그렇게 생각하는 모양이었다.

하지만 이성민은 머리를 좌우로 흔들었다.

"이 주변은 귀랑문의 영역입니다. 마을을 들르지 않았더라도 이 지역을 지났더라면 귀랑문과 시비가 붙었겠죠."

"맞아."

멀리서 목소리가 들려왔다.

이성민은 표정을 굳히고서 소리가 난 방향을 바라보았다. 세차게 불어오는 눈바람이 시야를 가로막고 바람 소리는 청각을 집어삼킨다.

이성민은 감각을 열었다. 윙윙거리는 바람 소리를 넘고, 몰아치는 눈발을 넘는다.

그 너머에.

한 남자가 서 있었다.

그는 추위에 어울리는 두툼한 털옷을 입고 있었다.

이성민은 말없이 창을 쥐었다. 시선만으로도 남자는 짐승 같은 난폭함을 전하고 있었다.

주원. 귀랑문의 문주.

남자는 자기 이름을 소개하지 않았다.

하지만 이성민은 저 남자가 귀랑문의 문주인 주원일 것이라고 확신했다. 저런 괴물이 문주가 아니라면 대체 누가 문주의 자리에 앉을 수 있다는 말인가.

"그 마을에 들르지 않았더라도 너 정도로 뛰어난 놈이라면 포착했겠지. 건드려 볼까 말까는 고민했겠지만. 그래서…… 넌 누구냐?"

먼 거리였지만 주원의 목소리는 또렷하게 들렸다.

"이성민."

"어디서 많이 들어본 이름인데…… 기억났다. 네가 귀창이라는 놈이군. 나는 주원이다."

주원은 머리를 주억거리면서 중얼거렸다. 난폭한 눈동자와는 다르게 그의 목소리는 낮았고 말씨는 조곤조곤했다.

주원이 걷기 시작했다. 몇 걸음 걷는 것으로 주원은 눈바람을 넘어 이성민의 근처까지 다가왔다.

"귀창은 정파라고 들었는데."

이런 말은 조금 이상할지도 모르겠지만 주원은 피곤해 보였다. 아니, 그보다는 권태로워 보인다는 말이 옳을 것 같았다. 여태까지 이성민이 보았던 웨어 울프는 모두 강인해 보이는 육체를 가진 거구였으나, 주원은 체격도 그리 크지 않았다.

다만 축 처진 눈매 안쪽에서 빛나는 눈동자는 무시할 수 없을 정도로 매서운 빛을 담고 있었다.

"실제로 보니 정파라는 느낌은 들지 않는군. 뭐라고 해야 하나…… 그렇다고 사파인 것도 아니고. 오히려 인외에 가까워 보여."

요력의 잔재 때문일까?

이성민은 등 뒤로 넘긴 창을 만지작거리면서 주원을 보았다.

주원은 턱을 긁적거리면서 잠시 생각에 잠겼다.

"내가 지금 무슨 생각을 하는 줄 아나?"

"모르겠는데."

"너를 죽일까 말까, 그런 생각을 하고 있어."

주원이 표정을 바꾸지 않고서 대답했다.

이성민은 그 말이 단순한 위협이 아님을 알았다. 인간이 아닌 인외, 어쩌면 수백 년을 살았을지도 모르는 저 웨어 울프는 짐작조차 할 수 없을 정도의 힘을 가지고 있었다.

[이름을 바꿨었군.]

허주가 중얼거렸다.

이성민이 부탁하지도 않는데, 마갑이 웅웅거리면서 허주의 요력이 풀려 나왔다. 주원은 치솟는 불길한 요력을 보며 눈썹을 찡그렸다.

"익숙한데……."

[광랑(狂狼).]

공기가 웅웅거린다. 마갑에 빙의된 허주의 목소리가 주원에게 전해졌다. '광랑'이라는 이름에 주원의 어깨가 움찔 떨렸다.

"……하하!"

주원이 웃음을 터뜨렸다.

"잊을 수 없는 요력이로군. 허주, 400년 전에 죽었다고 들었는데……."

[봉인되었었다.]

"몸뚱이는 어디다 버리고 갑옷 따위에 깃들어 있나?"

[내 몸이 어디에 있는지는 나도 몰라. 소멸되었을지도 모르지.]

"안쓰러운 처지가 되었군. ……무슨 말을 하고 싶어서 모습을 보인 거냐?"

주원이 눈을 번뜩거리며 물었다.

[괜한 싸움을 하고 싶지는 않다. 모르는 사이도 아니고, 있었던 문제라고 해봐야 대단한 일도 아니잖나.]

"그러니 그냥 보내달라고?"

[그래.]

그 말에 주원의 표정이 묘해졌다. 그는 눈썹을 찡그리고서 이성민과 허주의 요력을 번갈아 보았다.

"……400년이 긴 시간이기는 한가보군. 그 허주에게 이런 말을 듣게 될 줄이야……."

[싸우고 싶다면 거절해도 좋다.]

허주가 으름장을 놓았다. 주원은 잠시 생각에 잠기는가 싶더니 머리를 가로저었다.

"아니, 네 말대로 모르는 사이도 아니니 이번 일은 없었던 것으로 하도록 하지. 웨어 울프 몇이 죽기는 했지만 큰 손해는 아니니까."

주원은 그 말을 남기고서 몸을 돌렸다. 몇 걸음 걷는 것으로 주원은 그 자리를 떠나 버렸다.

아무 말도 하지 못하고 이성민의 등 뒤에 숨어 있던 루비아가 크게 숨을 토해냈다.

이성민은 창을 잡은 손을 아래로 내리며 물었다.

"싸웠다면 내가 졌을까?"

[도대체 뭔 바람이 불어 문파 따위를 굴리고 있는 것인지는 모르겠지만 주원…… 아니, 광랑은 라이칸슬로프 중에서도 손에 꼽히는 괴물이다. 프레데터에 소속되어 있기도 하고. 네가 싸워봐야 얻을 수 있는 것은 없어.]

"……하하!"

허주의 말을 들으면서 이성민은 웃음을 터뜨렸다.

귀랑문.

대단한 소문도 들리지 않은 중소 사파인데, 그 사파의 문주인 주원이 프레데터 중 한 명이자 라이칸슬로프 중에서 손에 꼽히는 괴물이란다.

주원을 쓰러뜨리려면 죽음을 각오해야 했을 것이다.

'과연. 세상은 넓어.'

이성민은 그런 생각을 하며 몸을 돌렸다. 그는 주원이 떠난 곳과 정반대의 방향으로 향했다.

초절정의 경지에 올랐음에도 이 넓은 세상에는 아직 이성민 이상의 강자가 많았다.

그는 그것에 한탄보다는 즐거움을 느꼈다. 거대한 벽을 맞닥뜨리기보다는 갈 수 있는 길이 더 이어져 있다는 것이 이성민을 즐겁게 만들었다.

'북쪽.'

인외와 마인에게 점령된 땅.

저곳에서 만날 수 있는 귀인은 대체 누구일까.

이성민은 땀에 젖은 손을 옷깃에 문질러 닦았다. 주원과 대치하던 중에…… 고여 버린 땀이었다.

'없었던 일로 한다.'

주원은 자신이 내뱉은 말을 지켰다. 설원을 넘는 동안 웨어울프의 습격은 없었다.

마을이 몇 보이기는 했지만 일전의 경험이 있기 때문인지 루비아는 마을에 들르자는 말을 하지 않았다. 덕분에 오늘도 노숙이었다.

이성민은 능숙하게 눈밭을 파헤쳐 굴을 파고서 그 안으로 들어갔다. 바람이 몰아치는 소리를 멀리하고, 웅크려 눈을 감았다.

귀랑문으로 돌아온 주원은 곧바로 어떤 방으로 들어갔다.

조명조차 없는 어두컴컴한 방 한가운데에 서서 주원은 수정구에 손을 올렸다.

불어넣은 힘을 받아먹은 수정구가 몇 번 웅웅거렸고 조금 시간이 흐른 후에 수정구의 진동이 멈추었다.

"허주를 만났다."

주원이 그렇게 말한 순간, 방 안에 희끄무레한 빛들이 나타났다.

잠깐의 침묵 끝에 누군가가 목소리를 냈다.

"허주? 400년 전에 죽은 것 아니었나?"

"자기 말로는 봉인되어 있었다고 하던데."

"하하! 봉인이라…… 그래. 남쪽의 악몽이라 불리던 허주였지만, 400년 전의 토벌대는 그 허주로서도 극복하기는 힘겨웠었지. 그래도 목숨은 부지했다니 놀라운걸."

"허주가 살아 있다는 것은 놀라운 일이지만. 왜 400년이 지난 지금에 와서 모습을 드러낸 것이지?"

"허주는 육체를 갖지 못한 상태였어."

주원이 대답했다. 그 대답이 의외였던 것인지 다들 침묵했다.

말로는 설명이 귀찮았기 때문에 주원은 자신의 머리에 손을 얹었다.

조금의 시간이 흐른 뒤, 주원은 자신의 기억을 뽑아다가 이곳에 있는 모두에게 보여주었다.

"호오."

누군가가 작은 감탄성을 흘렸다. 주원의 부름에 따라 이곳에 모인 것은 프레데터에 소속된 괴물들.

주원을 비롯한 오래된 존재들은 남쪽의 악몽으로 군림하던 허주를 기억하고 있었다.

"육체를 잃고 혼만이 남았나. 요력은 건재한 듯싶은데……
기묘하군. 그러면서도 고작해야 인간, 아니, 인간도 아니고
갑옷에 빙의되어 존재하고 있다니."

"귀창이라는 이름은 들어본 적이 있어. 제니엘라가 몇 년
전에 혈족으로 삼았던 장난감을 죽인 놈이 그 귀창이었지."

"맞아."

여성의 목소리가 대답했다.

"아끼던 장난감은 아니었지만. 부서져서 짜증은 났었지."

"허주가 아직 존재하고 있다는 것도 의외이지만…… 이 귀
창이라는 놈, 느낌이 기묘해. 분명 인간인데 인간 같은 느낌
이 연하단 말이야."

그것은 주원도 느꼈던 것이었다. 그는 틀림없는 인간이다.
하지만 미묘하면서도 확실하게, 인간과 동떨어진 느낌이 있
었다.

"우선 지켜보도록 하지."

주원은 그렇게 판단을 내려 이성민을 보내주었다.

거기서 이성민을 죽이려 들 수도 있었지만, 이성민이 가진
꺼림칙한 기운이나 허주의 존재도 변수가 되기에는 충분하다
느꼈기 때문이다.

갑작스레 괴물들을 부른 이유는 허주가 살아 있음을 알리

기 위해서였다. 지금 당장 허주나 허주와 함께 있는 귀창을 건드릴 생각은 없다.

"아마 놈들은 트라비아로 향하는 것 같던데."

"트라비아? 이곳에는 무슨 볼일이지?"

그렇게 반응한 것은 '제니엘라'라고 불렸던 여성이었다. 그녀는 흡혈귀 중에서도 특히나 강력한 존재로서, 몇 년 전에 검귀를 혈족으로 거둔 장본인이었다.

"괜히 접촉하지는 마. 육체가 없다고는 했지만 허주의 요력은 진짜였다."

주원이 경고했다. 하지만 그 말에 제니엘라는 웃음을 터뜨릴 뿐이었다.

회동이 끝나고서.

프레스칸은 의자에 앉아 곰곰이 생각에 잠겼다. 주원이 보여준 기억을 통해 보게 된 귀창이라는 놈.

그 얼굴이 어딘가 낯이 익다. 기억은 어디까지나 기억일 뿐 주원이 귀창을 맞닥뜨리면서 느낀 '기묘한 기운'까지는 모두에게 공유되지 않는다.

그러니 프레스칸으로서는 주원이 대체 무엇을 느낀 것인지 알지 못했다.

"그래, 기억났다."

프레스칸은 벌떡 몸을 일으켰다. 프레스칸은 분노와 환희가 뒤섞인 감정을 느끼며 몸을 부르르 떨었다.

"빌어먹을 심장 도둑!"

몇 년 전이었나. 던전에서 용병의 습격을 받았다.

그래, 그것까지는 대수롭지 않은 일이었다.

용병이라는 놈들은 머릿수는 많지만 그리 대단한 놈들이 아니다.

물론 모든 용병이 그런 것은 아니고, 용병 중에서도 진정 괴물로 취급되는 이들도 존재한다.

하지만 그때 던전에 왔던 용병들은 프레스칸의 입장에서 본다면 바퀴벌레보다 조금 나은 버러지들뿐이었다.

아무 문제 없었다. 인과율이 비틀어진 혼과 금색 마탑의 마탑주인 로이드만 없었어도 프레스칸은 아무런 위험과 굴곡 없이, 그 안락한 던전에서 즐거운 연구를 계속할 수 있었을 것이다.

'놈이 이곳에 오고 있다고?'

프레스칸이 만들었던 심장은 두 개. 그중 하나는 아이네가 가지고 있고, 다른 하나는 소실되었다.

처음에는 로이드가 부숴놓았을 것이라 생각해 포기하였으나, 아이네의 이야기를 들어 그 심장을 어떤 빌어먹을 자식이 몸에 박아 넣었다는 것을 알게 되었다.

그 사실을 알고서 얼마나 분에 겨웠던가.

리치가 되면서까지 바라여 추구하던 비원, 간신히 창조한 심장이 누군지도 모를 놈의 가슴에 박혀 있다니.

그리고 이제야 알게 되었다. 그 심장을 도둑질한 녀석이 던전에 들어왔던 인과율이 비틀어진 용병이었다는 것을.

"잡아 죽여야지."

프레스칸은 부르르 몸을 떨었다. 허주의 존재? 알 바가 아니었다. 400년 전에 이름을 날린 대요괴라고는 하지만 프레스칸은 400년 전에 태어나지도 않았었다.

프레데터에 소속된 괴물들이 허주를 경계하고 있다는 것은 안다.

'그래서 뭐 어쩌라고.'

애초에 프레스칸은 프레데터라는 집단에 소속되고 싶지도 않았다. 이렇게 된 것에는 어쩔 수 없는 사정이 있었을 뿐이다.

로이드를 피해 도주한 북쪽. 사마외도와 인외가 넘쳐 난다는 인외마경 트라비아.

설마 이곳 트라비아에 프레데터의 오랜 괴물인 뱀파이어 퀸이 있을 것이라고는 상상하지 못했다.

뱀파이어 퀸에게 붙잡혀 강제로 프레데터에 가입하게 되었지만, 프레스칸은 기회가 된다면 언제든지 프레데터를 탈퇴할 용의가 있었다.

"오기만 해봐라."

프레스칸은 있지도 않은 이빨을 가는 것을 의식하며 내뱉었다.

"심장을 뽑아버릴 테니."

주원과 헤어지고서 한 달.

이성민은 트라비아를 목전에 두었다.

멀리서도 알 수 있을 만큼 트라비아의 성벽과 성문은 크고 웅장했으나 가까이 다가가면서 이성민은 그것이 착각임을 깨닫게 되었다.

거대한 문은 박살 나 있었고, 그 주변에는 문의 잔해와 원형을 알 수 없는 시체, 그리고 핏물 따위가 눈에 파묻히거나 얼어붙어 있었다.

"윽……."

빛의 구체가 되어 이성민의 품 안에 몸을 숨긴 루비아가 앓는 소리를 냈다.

이성민은 그 소리를 무시하고서 성문의 안으로 들어갔다.

도시는 폐허와 닮아 있었다. 그나마 기능은 하고 있는 듯했지만 힐긋 보이는 사람들은 '정상'과는 거리가 멀어 보였다.

지저분한 부랑자와 질 나쁜 양아치들. 그들은 성문 안으로 들어오는 이성민을 힐긋거리면서도 섣불리 접근하지는 않았다.

"트라비아는 북쪽 제일의 대도시인데……."

"예전에는 그랬겠죠."

위지호연이 혈천마의 팔을 자르고서 고작해야 2년이 지났을 뿐이다. 그 2년 동안 대도시 트라비아는 인외마경이 되었다.

이곳까지 오면서, 이성민은 트라비아라는 도시에 대해 많은 것을 알아두었다.

트라비아에 도착하기 전에 이성민은 귀랑문과 마찰을 빚었고, 귀랑문의 문주인 주원은 인외의 집단인 프레데터에 소속된 오랜 괴물이었다.

트라비아에는 그런 주원과 비교해서 결코 부족하지 않은 늙은 괴물이 존재한다.

[뱀파이어 퀸과는 부딪히지 마라.]

허주가 몇 번이나 했던 경고를 되풀이했다.

[주원은 그나마 말이 통하는 상대였어. 놈은 한번 빡 돌면 통제불능의 난폭함을 보이지만, 그렇지 않을 때는 굉장히 이성적이야.]

"그래 보이더군."

이성민은 조곤조곤 말을 해오던 주원의 얼굴을 떠올리며

머리를 끄덕거렸다.

　[하지만 뱀파이어 퀸, 제니엘라는 그렇지 않아. 그년은 미쳤어. 아주 안 좋은 방향으로 말이야.]

　"이미 나를 포착하고 있지 않을까."

　[아마 그렇겠지. 제니엘라가 미쳤다고는 해도 이곳에서 너를 어찌하겠다고 미쳐 날뛰지는 않을 거야.]

　"너 때문에?"

　[이 어르신이 육체를 잃었다고는 하나 요력은 건재하다는 것을 주원에게 보여주었다. 제니엘라가 미치기는 했지만 제 몸보신은 철저하게 하는 년이야. 제니엘라가 너를 감시하려고는 할지 몰라도, 정말로 너를 어찌하려고 들지는 않을 거다.]

　허주가 하는 말이 무슨 뜻인지는 안다. 제니엘라가 간섭하려 들어도 제니엘라와 적대해서는 안 된다.

　그 미치광이 뱀파이어 퀸은 제 몸 보신을 철저하게 한다고는 하여도 이성민이 마찰을 일으킨다면 용서하지는 않을 것이다.

　[어쩌면 제니엘라가 신령이 네게 알려준 귀인일지도 모르지.]

　허주가 낄낄거리면서 웃었다. 확실하지도 않은 것에 매달릴 생각은 없다. 신령이 말한 '운명'이라는 것은 이성민이 나서서 행동하지 않아도 북쪽에 있는 한 반드시 찾아온다.

　문제인 것은 이성민이 맞닥뜨린 만남에서 이것이 신령이

말한 운명인지 아닌지 제대로 판단할 수가 없다는 것이다.

"……우선 어디로 갈 생각인가요?"

"트라비아의 중심지로 갈 생각입니다. 에레브리사를 통해 구입한 정보상, 그곳이 그나마 발전이 남아 있는 곳이라고 하더군요."

이 거대한 도시가 모조리 마비된 것은 아니다. 트라비아의 중심지.

그곳에는 아직까지 대도시의 흔적이 진하게 남아 있었다.

문제는 그런 만큼, 인외마경에 걸맞은 괴물들이 활보하고 있다는 것이지만.

엉망인 거리를 걸으면서 시비는 걸리지 않았다. 이성민은 반박귀진을 완성하여 겉으로 보기에는 무공을 익히지 않은 것처럼 보이지만, 도시에 들어오고서는 의도적으로 기세를 내비치고 있었다.

불필요한 시비를 미연에 차단하기 위해서였다. 게다가 이곳, 성문의 근처에 살아가는 이들은 대단한 실력을 갖추지 않은 양아치와 부랑자들뿐이다.

"마차."

누군가가 말을 걸었다.

"도시 중앙 지구로 향하는 듯한데 걸어서 가는 것은 수고스러울 거요. 그러니 마차를 타시오."

그렇게 말을 건 것은 지저분한 몰골의 남자였다. 이성민은 남자의 얼굴을 물끄러미 보면서 입을 열었다.

"개수작을 부린다면 나한테 죽을 텐데."

"흐흐! 그런 일은 없을 테니 안심하십시오. 마침 나도 중앙 지구에 가야 할 일이 있어서 말을 거는 것뿐이니까."

남자가 웃음을 흘리며 대답했다. 이성민은 남자를 물끄러미 바라보았다.

남자는 평범하지는 않았다. 시선 너머에서 강인함이 느껴진다. 이성민은 천천히 머리를 끄덕거렸다.

남자가 요구한 돈은 그리 많은 금액은 아니었다. 이성민은 값을 지불하고서 남자를 따라갔다.

그것은 낡은 짐 마차였다. 남자는 마부석 위에 오르면서 짐칸을 턱으로 가리켰다.

"타시오."

"짐이 없는데 중앙 지구에는 왜 가는 겁니까?"

"할 일이 있어서."

남자는 그렇게 대답하고서 마차를 몰기 시작했다. 지저분한 도로를 말이 달린다.

마차가 덜그럭거려 승차감은 그리 좋지 않았다. 그렇다고 빠르게 달리는 것도 아니라, 이럴 것이라면 마차를 타느니 차라리 이성민이 직접 경공으로 달리는 편이 나을 지경이었다.

"트라비아에는 왜 오셨수?"

"대답해야 합니까?"

"까탈스러운 분이시군. 거, 대답해 주기 싫으면 대답하지 마쇼."

그것으로 대화는 끝났다. 이성민은 로브의 앞섶을 여미고서 몸을 웅크렸다. 마차가 움직이면서 눈바람이 그대로 덮쳐왔지만 이성민은 추위를 느끼지 않는다.

마차를 탄 것에도 나름의 이유가 있었다. 두 발로 걸어서 도시 중앙 지구로 향하는 것보다는 이렇게 남의 마차를 얻어 타서 들어가는 것이 이목이 덜 끌릴 것 같았다.

게다가 슬슬 겨울이 다가오고 있다. 어쩌면 이 마차를 탐으로써 귀인과 만나게 되는 것으로 연결될 수도 있었다.

"거처는 정하셨소?"

"가서 정하면 되겠지요."

"괜찮다면 우리 집은 어떠신가? 훌륭한 저택이라고는 못하겠는데, 그래도 묵을 만한 곳이오."

"됐습니다."

"여관은 위험할 텐데. 그곳에는 버러지와 양아치가 많거든. 괴물도 많고."

남자가 낄낄 웃었다. 이성민은 더 이상 말하지 않았고 남자도 다시 입을 다물었다.

"말 참 많네요."

이성민의 로브 안쪽에서 루비아가 웅웅거리면서 투덜거렸고, 이성민도 그 말에 공감했다.

비록 지금의 중앙 지구는 세찬 바람은 불지는 않았으나, 그렇다고 해서 북쪽이 북쪽이 아닌 것은 아니었다.

그러나 이 살을 에는 추위에도 여인은 겉옷 없이 기모노만을 입었다. 그녀는 붉은 머리카락을 틀어 올려 긴 비녀로 고정했고, 새하얀 목덜미를 그대로 내비치고 있었다.

"술 냄새."

벌컥 문을 열고 들어온 여인이 웃는 목소리로 중얼거렸다. 그녀는 외풍에 흔들리는 문을 손끝으로 밀어 닫았다.

그리고 여인이 몸을 돌렸을 때, 콰삭! 집어 던진 술병이 여인의 얼굴 바로 옆을 스치고 지나갔다.

벽과 부딪친 술병이 산산이 조각나 파편이 튀었지만, 여인은 그것에 조금도 놀라지 않았다.

"꺼져."

지저분한 침대 위에 앉은 남자가 여인을 노려보면서 내뱉었다. 여인은 일그러진 남자의 눈을 보며 입꼬리를 올려 웃었다.

"어때요?"

여인은 기모노의 끝자락을 잡아 올리면서 물었다.

"이계의 옷이라고 하던데. 예쁘지 않아요? 당신에게 보여주고 싶었······."

"꺼지라고."

남자가 숨을 몰아쉬면서 다시 내뱉는다. 그 숨결에는 술 냄새가 진하게 섞여 있었다. 그것은 멀찍이 떨어진 여인도 맡을 수 있을 정도로 강렬했으나, 여인은 그 냄새에 코를 찡그리기보다는 즐거운 웃음을 지었다.

한때, 남자는 혈천마 백무선이라 불렸다. 2년 전만 해도 트라비아를 장악하여 군림하던 그였지만, 소천마 위지호연에게 패배를 하면서 혈천마와 혈천맹은 몰락해 버렸다.

그 패배는 패배만으로 남지 않았다. 백무선은 패배의 증거로서 왼팔이 잘린 병신이 되었다.

그리고 여자는.

"그런 폭언으로 내가 물러서지 않는다는 것쯤은 당신도 알고 있잖아요?"

뱀파이어 퀸이라고 불리는 괴물이었다.

"······꺼지라고 했을 텐데."

백무선은 거친 숨을 몰아쉬면서 그렇게 내뱉었다.

그 말에 뱀파이어 퀸, 제니엘라는 고혹적인 미소를 흘리기만 할 뿐이지 백무선의 바람대로 꺼져 주지는 않았다.

오히려 그녀는 기다란 기모노 자락을 흔들면서 백무선에게 다가왔다.

"귀여우셔라."

살의가 줄줄이 묻어 나오는 시선을 보내는 백무선을 보면서 제니엘라는 웃는 목소리로 중얼거렸다.

팔이 잘렸다고는 하나 백무선은 초절정, 그것도 다른 초절정 고수들과는 격이 다른 강함을 가진 고수였다.

위지호연이라는 터무니없는 괴물이 상대가 아니었다면, 어지간한 초절정 고수를 우습게 상대할 수 있는 힘을 갖춘 것이 혈천마 백무선이라는 남자였다.

하지만 지금 백무선 앞에 있는 것은 수백 년 동안 이 미쳐 버린 세계에서 살아온 인외의 괴물이었다.

인외종 중 하나인 뱀파이어라는 종에 있어서 정점에 선 괴물, 그것이 바로 뱀파이어 퀸인 혈혹(血惑)의 제니엘라였다.

"지독한 패배감과 잘려서 있지도 않은 팔의 고통을 취기로 버텨내는 삶. 그것을 살아 있다고 할 수 있는 것인지. 한때 이 대도시를 아우르던 혈천맹은 이름조차 남지 않아 흩어졌고, 그럼에도 당신을 따르던 충직한 자들은 망가져 버린 당신에게 질려서 사라져 버렸죠."

백무선은 대답하지 않았다. 침묵하는 백무선을 향해 제니엘라가 다가왔다.

"나는 그때의, 혈천맹의 정점에서 혈천마로 날뛰던 백무선보다 지금의 당신이 좋아요."

"……하하!"

제니엘라의 소곤거림에 백무선이 웃음을 터뜨렸다. 그는 속이 비어 축 늘어진 왼팔 소매를 오른손으로 움켜잡았다.

"혈천맹? 혈천마? 결국에는 꼭두각시였을 뿐이지. 그때의 기억은 나에게 있어서 절대로 영광스러운 기억이 아니다."

"꼭두각시라니."

"틀렸나? 이…… 괴물아."

내뱉는 목소리에는 회한과 원독이 담겼다. 혈천마는 손을 더듬어 바닥에 굴러다니던 술병 중 하나를 들어 올렸다.

입으로 마개를 뽑아내 독한 술을 물처럼 들이켜고서, 혈천마는 크게 숨을 내뱉었다.

"……혈천맹이 건재하고, 내가 혈천마라고 불렸을 때. 나는…… 너라는 괴물의 존재조차 알지 못하고 있었다."

"겉으로 보여주는 것은 좋아하지 않았거든요."

"너는 나를 내버려 두었어. 마음만 먹으면 언제든지 나를 치워 버릴 수 있었으면서. 후후……! 그러니 꼭두각시인 것이지. 위에서 누가 줄을 흔들고 있는 줄도 모르고 스스로 잘났다 생각하여 꼴값을 떨어댔으니……!"

백무선은 다시 술을 들이켰다.

그런 백무선을 보면서 제니엘라는 즐거운 미소를 지었다.

인외종은 한때 인간이었고, 인간이 아니게 되어 긴 세월을 살아오며 그에 걸맞은 필연적인 광기를 가지고 있다.

뱀파이어 퀸인 제니엘라도 마찬가지였다. 그녀는 백무선이 보이는 적의와 망가져 가는 모습에 사랑을 느끼고 있었다.

"몸을 생각하는 것이 좋아요."

백무선의 코앞까지 다가온 제니엘라가 손을 뻗었다.

그녀는 백무선이 쥐고 있던 술병을 잡았고, 백무선은 두 눈에 살광을 번뜩거리며 술병을 놓았다.

그 즉시 뻗은 손이 제니엘라의 가슴을 꿰뚫었다.

제니엘라는 피하지 않았다. 그녀는 가슴을 꿰뚫고 들어온 백무선의 손을 내려 보면서 빙그레 웃었다.

"만족하셨나요?"

"……괴물 같으니……."

순식간에 뻗은 백무선의 공격은 틀림없는 살초였다.

백무선은 제니엘라의 등으로 튀어나온 손에 힘을 주었다. 손아귀에 잡혀 있던 제니엘라의 심장이 퍽 소리를 내면서 터졌다.

"항상 술을 마시고. 식사는 제대로 하지도 않고…… 그러다가는 당신이 아무리 뛰어난 고수라 해도 몸이 망가질 수밖에 없어요."

제니엘라는 백무선의 손을 잡았다. 그녀의 손길에 따라 백무선의 손이 천천히 뽑혔다.

그 즉시 제니엘라의 가슴에 난 구멍이 메워진다. 제니엘라는 환한 미소를 지으면서 백무선의 어깨를 끌어안았다.

"복수하고 싶잖아요?"

귓가에 소곤거리는 목소리는 악마의 것인가.

백무선의 어깨가 가늘게 떨렸다. 이런 유혹을 처음 듣는 것은 아니다.

제니엘라는 매일, 백무선을 찾아오면서…… 이런 말을 했다.

"당신은 약해져 가고 있어요. 당신 스스로가 강해지는 것을 포기했기 때문이죠. ……당신도 알고 있잖아요? 당신이 다른 무엇을 더 한다고 해봐야, 소천마 그 계집을 당해낼 수는 없어요."

백무선은 대답하지 않았다. 그런 것쯤은, 다른 누구보다 백무선 본인이 가장 잘 알고 있었다.

2년 전에 백무선이 상대했던 소천마는 절대적인 경지에 오른 괴물이었다.

사실 그것만이라면 백무선이 이리도 절망하지는 않았을 것이다. 백무선 역시 어린 시절부터 천재라고 떠받들어지던 몸이니까.

하지만 다르다. 그 괴물은, 소천마는…… 다르다. 2년 전. 공수를 한 번 교환한 순간 백무선은 그것을 절감할 수 있었다.

서로가 보내는 시간의 밀도가 다르다. 진짜 천재.

부조리적일 정도의 재능을 가진 천재는 맞서는 것만으로도 상대에게 절망을 전해준다.

백무선은 절망감에 먹혀 있었다.

복수…… 하겠다고. 그런 생각을 하지 않은 것은 아니다. 지금도 마찬가지다.

하지만 아무리 술을 퍼마셔도 매일 꾸는 악몽은 변하지 않는다.

아무리 발악해도 그 괴물을 상대로 어찌할 수는 없다. 꿈속이니까 바람대로 될 법도 한데, 꿈에서의 승부는 언제나 백무선의 처참한 패배로 끝을 맞이한다.

백무선의 무의식이 '절대로' 위지호연을 이길 수 없다고 포기해 버렸기 때문이다.

"잘린 팔. 뱀파이어가 된다면 새로 생길 거예요."

제니엘라의 손이 백무선의 등을 더듬는다. 길게 세운 두 개의 손가락이 백무선의 등을 걸어 올라가 어깨까지 오른다.

"당신이 가진 약함. 인간으로서의 약함이죠. 뱀파이어가 된다면…… 그런 것에 구애받지 않을 수 있어요. 백무선, 나는 당신이 좋아요. 당신이 내 혈족이 된다면, 약속해 드리죠. 나는 당신에게 소천마 이상 가는 강함을 줄 수 있어요."

"……싫다."

백무선이 입을 열어 답한다. 그 말에 제니엘라는 웃음을 삼켰다.

매일매일 백무선에게 흡혈귀가 되라고 말하고 있다. 그때마다 백무선은 거절하고 있었지만 제니엘라는 알 수 있었다. 처음의 거절과 지금 말하는 거절에는 많은 차이가 생겨 버렸음을.

절망에 먹혀 허덕거리는 백무선은 망가져 가고 있었고, 머지않아 모든 것을 포기해 버릴 것이다.

'그게 너무 좋아.'

제니엘라는 몸 안이 뜨거워지는 것을 느끼면서 웃음을 삼켰다.

혈족이 되는 것을 거부하는 인간을 보는 것이 좋다. 마음속으로 갈등을 거듭해 가면서 망가져 가는 것이 좋다. 인간으로서의 삶을 포기하고 피를 빨아 마시는 괴물이 되는 것을 선택해 가는 과정을 보는 것이 즐겁다.

결국 모든 것을 포기하고 최후의 선택을 내렸을 때, 그때 품은 비통함과 무언가에 대한 결의를 보는 것을 참을 수가 없다.

'딱 거기까지야.'

제니엘라는 백무선의 귓가를 혀로 핥으면서 생각했다.

'그 이후는 재미가 없어.'

몇 년 전에 거두었던 늙은이도 그랬다.

검귀라고 했던가. 혈족으로 삼기 위해 제법 공을 들였지
만…… 막상 혈족으로 들이고 나니 재미가 없었다.

그래서 내버려 두었다.

제니엘라는 언제나 그런 식이었다. 마음에 드는 장난감을
손에 넣기 전까지가 좋다.

막상 손에 넣고 나면 재미가 없어 질려 버린다. 그래서 내
버려 두는 것이다.

'하지만 기분은 나빴지.'

제니엘라의 눈이 가늘어졌다.

질려 버렸다고는 해도 손에 넣은 장난감이었는데 그것이
망가져 버렸다. 장난감을 망가뜨린 장본인이 이곳 트라비아
에 오고 있다고 한다.

'뭐 하는 놈인지 봐둘까.'

주원이 신경 쓰인다고 한 것도 마음에 걸린다.

'하오문.'

마차가 중앙 지구로 들어온다. 짐칸에 웅크리고 앉은 이성민은 그 문파에 대해 떠올렸다.

하오문은 개방과 함께 꼽히는 대표적인 정보 문파다.

개방이 거지를 눈과 귀로 쓰고 있다면, 하오문은 다양한 직업군을 눈과 귀로 쓰고 있다.

마부, 기녀, 좀도둑 등. 천대받는 직업의 종사자들을 문도로 둔 것이 하오문이다.

개방은 구파일방에 소속되어 있지만 하오문은 아니다. 무림의 잣대를 들이밀어 구분한다면 하오문은 사파에 속한다.

마부가 하오문도인 것이 확실한 것은 아니다. 단지 그럴 가능성이 있을 뿐이다.

하지만 마부는 무공을 익혔고, 겉모습 이상 가는 실력을 숨기고 있는 듯했다. 그래서 수상쩍었다.

계속해서 말을 걸어오는 것이나 자신의 집에 묵으라고 권하는 것이 단순한 호의라고는 생각하지 않는다.

이곳 트라비아는 썩어버린 인외마경의 도시이며 다가오는 자들은 무언가 목적이 있을 것이 분명하다.

"도착했수."

마차가 멈춘다. 중앙 지구는 외곽 성벽만큼은 아니어도 높은 성벽으로 구분되어 있었다.

본래 트라비아의 중앙 지구는 귀족이나 부유한 상인들, 중산층 이상의 평민들이 살아가던 곳이다.

이 척박한 북쪽의 땅은 빈부 격차가 심했고, 가진 자와 가지지 못한 자들의 대우 차이가 크다.

가지지 못한 자들은 치안과 복지가 나쁜 중앙 성벽 밖에서 살아가고, 가진 자들은 성벽 안에서 살아가는 것이다.

그것도 과거의 이야기다.

2년 전 혈천마의 패배를 기점으로 하여 트라비아에서 '가진 자'의 구분은 돈이 아닌 '힘'으로 바뀌었다.

이전에는 폭력을 통제하고 그에 대한 방비를 돈으로 구할 수 있었지만, 이제는 그렇지 않다.

물론 모든 것이 힘만으로 결정되는 것은 아니지만, 돈만 많다고 해서는 그것을 보호할 수 없게 되었다.

지금의 트라비아 중앙 지구는, 가진 것을 보호할 만한 힘을 가진 자들과 인외의 괴물들, 사마외도의 무리들, 흑마법의 관련자들이 가득한 곳이 되었다.

"여관보다는 내 집에서 묵는 것이 나을 텐데."

"괜찮습니다."

이성민은 마차에서 내렸다. 중앙 지구의 성문은 개방되어 있었다.

그곳에도 경비병의 모습은 보이지 않았다. 하지만 외곽 성문과는 다르게 문이 박살 나 있지는 않았다.

"뭐…… 그러시다면야. 죽지 않도록 조심하시구려."

마부는 그렇게 말하고서 큰 소리로 웃었다. 마부와 마차가 먼저 성문 안으로 들어갔다. 이성민은 마부를 먼저 보내고서 성문으로 향했다.

[무슨 일로 왔는가?]

성문을 지나려던 순간, 이성민의 머릿속으로 그런 목소리가 들렸다.

이성민은 놀라지 않고 주변을 둘러보았다. 천장의 그림자에 누군가가 은신하고 있는 것이 보였다.

제법 깊은 은신술이었지만, 육감을 가지고 있는 이성민의 이목을 숨길 수는 없었다.

"넌 누구냐."

[웃.]

이성민의 질문에 은신하고 있던 남자의 몸이 움찔 떨렸다. 그는 은신술을 그만두고서 이성민의 앞으로 떨어져 내렸다.

[흡혈귀로군.]

허주가 중얼거렸다. 이성민의 앞에 선 남자는 새빨간 두 눈과 창백한 피부를 가지고 있었다.

이성민은 남자를 물끄러미 보면서 물었다.

"누구냐고 물었다."

"······눈치가 빠른 놈이로군."

"대답할 생각은 없나 보지?"

"피차 대답하지 않을 것은 마찬가지인 것 같은데. 너무 경계하지는 마라. 처음 보는 놈이라 궁금하여 물어본 것뿐이니."

흡혈귀가 그렇게 대답하면서 한 걸음 뒤로 물러섰다.

이성민은 그 말의 진위를 굳이 판가름하지는 않았다.

트라비아에는 프레데터의 오랜 괴물인 뱀파이어 퀸 제니엘라가 있다.

저 남자가 제니엘라의 휘하에 있는 흡혈귀인지는 알 수가 없었지만 그것을 여기서 질문할 생각은 없었다.

"······그러면 그냥 들어가도 될까?"

"얼마든지."

흡혈귀가 어깨를 으쓱거리며 대답했다. 그러면서 그는 묘하다는 듯이 시선을 보냈다.

"너는 흡혈귀가 아니겠지?"

"아니야."

"그렇다면 라이칸슬로프인가? 짐승 냄새는 나지 않는데······."

"그냥 인간이다."

"하하하!"

이성민의 대답에 흡혈귀가 웃음을 터뜨렸다.

"너 스스로는 모르는 듯하지만. 너에게는 기묘한 느낌이 있어. 같은 인간이라면 알아차리기 쉽지 않겠지만 인외라면 알아차릴 그런 느낌이."

"무슨 말인지 모르겠군."

"뭐…… 스스로 인간이라고 하니까 그러려니 해야지. 인외마경의 도시에 온 것을 환영한다."

흡혈귀는 그 말과 함께 씩 웃었다. 그리고 흡혈귀의 몸이 그림자 속으로 사라졌다.

이성민은 흡혈귀가 서 있던 자리를 물끄러미 보다가 멈췄던 걸음을 옮겨 성문을 통과했다.

'흡혈귀였던 검귀는 나에게 그런 느낌이 있음을 말하지 않았어. 그렇다는 것은…….'

이성민은 한숨을 내쉬었다. 주원이나 방금 전의 흡혈귀가 느꼈던, 인간이 아닌 것 같은 느낌이라는 것은 검은 심장 때문은 아니다.

'너냐?'

[아마 네 단전 밑바닥에 고여 있는 내 요력 때문인 듯하군. 하긴…… 인간이 요력을 가지고 있으니 묘한 느낌이 날 수밖에. 모르는 놈이라면 너를 반요라고 착각할지도 모른다.]

'귀찮아졌잖아.'

이성민은 짜증을 담아 마음속으로 내뱉었다. 그 말에 허주가 껄껄거리며 웃었다.

[어쩔 수 없는 일 아니냐. 인간이 요력을 사용한다는 것은 본래라면 일어날 수가 없는 일이야. 이치에 맞지 않는 힘을 사용한 값이라고 생각해라.]

"제기랄."

허주의 말에 이성민은 짜증을 담아 내뱉었다.

그는 아직까지 허주를 완전히 신뢰하지 못하고 있었다. 비록 허주의 도움 덕분에 위기에서 목숨을 몇 번 건졌다고는 해도 이런 식으로 알 듯 모르게 구는 허주의 태도는 이성민을 헷갈리게 하기에 충분했다.

[자, 계속해서 가자.]

그런 이성민의 짜증을 느끼면서도 허주는 유쾌한 목소리로 말했다.

"개새끼."

허주의 웃음소리가 얄미웠다.

to be continued